狼與辛香料 XXI

Spring Log IV

支倉凍砂
Isuna Hasekura

Illustration
文倉 十
Jyuu Ayakura

在溫泉旅館工作且心地善良的狼之化身
瑟莉姆

狼與泉煙彼方
「謝、謝謝妳……」
碗裡的東西像是小孩的感冒飲品，
肯定是充滿營養。
而它香甜的氣味，
也軟化了瑟莉姆發硬的喉嚨。
「妳最近怎麼老是這樣？」
在瑟莉姆喝著香甜濃郁的羊奶時，
漢娜無奈地笑著這麼說。
掌管廚房的大廚
漢娜

狼與旅行之卵
「神禁止占卜，
而賭博說穿了不過就是一種占卜！」
鉅款與慾望滿天飛的交易所裡，
來了幾個最不搭調的人物——
一群僧服打扮的聖職人員。

溫泉旅館「狼與辛香料亭」老闆
羅倫斯

狼與另一個生日
這是在
瀰漫泉煙芬芳的紐希拉深山中，
仍有兩頭美麗的狼那時的故事……

賢狼與旅行商人的女兒
繆里

Contents

狼與辛香料XXI

Spring Log Ⅳ

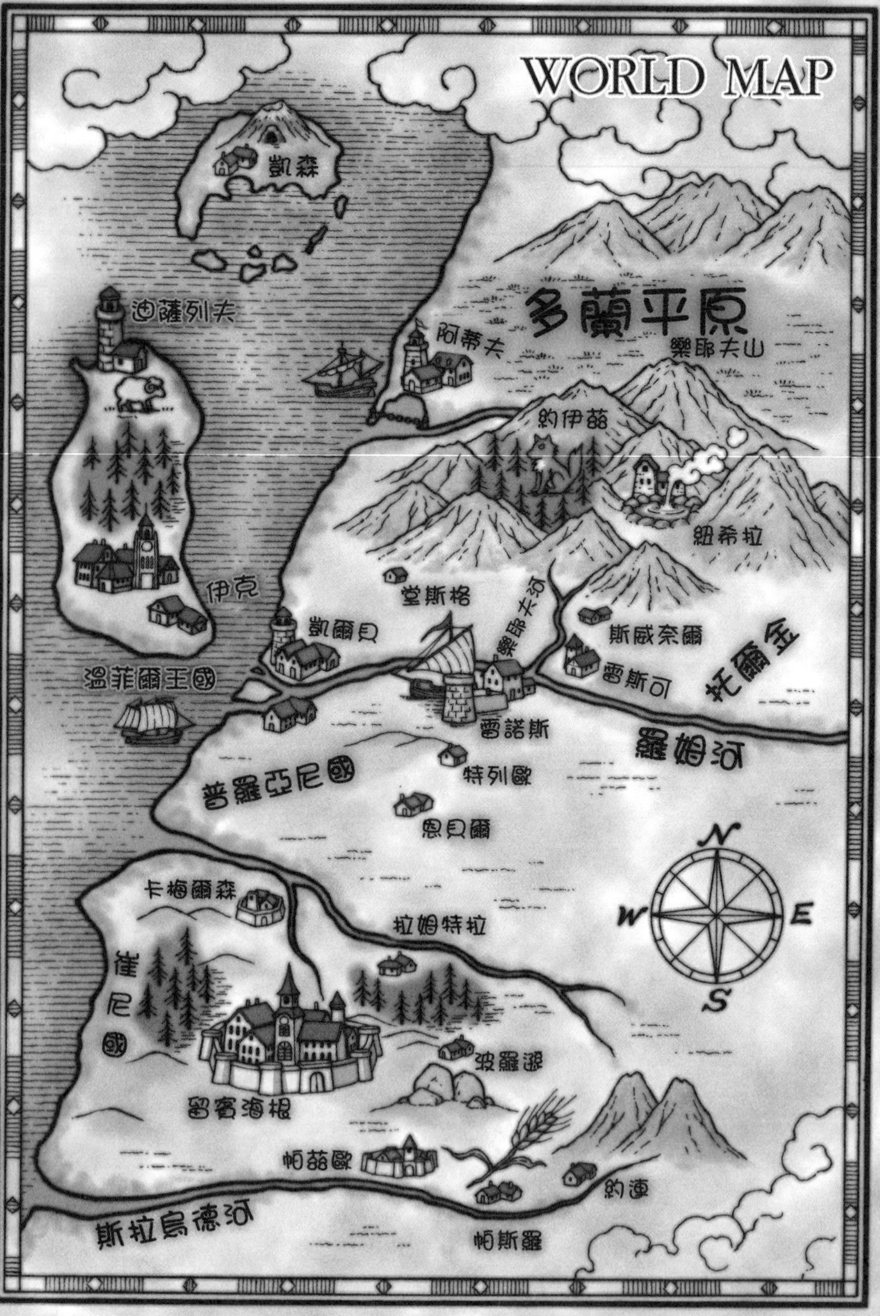
WORLD MAP
凱森
迪薩列夫
阿蒂夫
多蘭平原
樂耶夫山
約伊茲
紐希拉
伊克
堂斯格
凱爾貝
樂耶夫河
斯威奈爾
雷斯可
托爾金
溫菲爾王國
雷諾斯
羅姆河
特列歐
普羅亞尼國
恩貝爾
N
W
E
S
卡梅爾森
拉姆特拉
崔尼國
波羅遜
留賓海根
帕茲歐
約連
斯拉烏德河
帕斯羅

地圖繪製／出光秀匡

狼與泉煙彼方

瑟莉姆遭柴刀劈斷睡眠般醒來。

被子底下的悸動，恐怕是惡夢的餘韻。這幾天都是這樣。

她望著天花板慢慢吸氣，閉上眼睛告訴自己這裡是可以放心的地方。她睡在可以遮風避雨的房間裡，床上鋪了亞麻布，沒有蟲到處亂爬。被子柔軟又保暖，還似乎灑了點芳香精油，有淡淡的甜味。在過去旅程中，完全不敢妄想這樣的優渥環境。

瑟莉姆從南方地區一路流浪過來，經過一段因緣際會，如今落腳在溫泉鄉紐希拉。能在紐希拉頗負盛名的溫泉旅館「狼與辛香料亭」工作已經更甚於幸運，近乎奇蹟了。

因此，剛開始工作那陣子她經常作惡夢。大多是在旅途中躲進某村落的倉庫喘口氣想睡一覺，結果遇上火災的夢。

應是不敢相信幸運真的降臨，怕它遲早要結束吧。

結果這個問題，等到紐希拉這個北地極境也終於告別遲遲不結束的寒冬，步入新綠時節才開始好轉。

工作繁忙不是件快樂的事，但也沒有糟到哪去。瑟莉姆曾在都市商行、鄉下農村或貴族的莊園宅邸做過事，而溫泉旅館這種地方，就像那些全部加起來一樣。

有好多人、好多貨物來來去去這點像商行；要自力購買肉、魚、野菜並烹調加工，為下一個季節而儲藏，房子基本上也要自立修繕這幾點像農村；溫泉旅館為了讓客人住得舒服，需要格調有一定水準的家具設備這方面，就很像貴族宅邸了。要做的事又多又雜，好比數沙漠有幾顆沙般沒完沒了。

然而這裡沒人拿棍子逼她多幹點活，也不會有人在她辛苦一天後只丟塊發黴麵包還要她感恩戴德。甚至工作上出了差錯，好心的主人也不會發脾氣，會幫她找出失敗的原因並設法改善。

瑟莉姆轉成側躺，往一旁桌面上看，主人的聰明和關愛就在那裡。一片磨得透亮的圓形玻璃片，映著探入木窗縫隙的月光。透過這片有弧度的玻璃片，小一點的字也能看得很清楚。這個好東西，叫做眼鏡。

有眼鏡以前，瑟莉姆從沒注意到自己的視力比一般人差。以為撞到、拿錯東西看錯字，單純是自己少根筋。

旅館老闆羅倫斯給她眼鏡的那一晚，她好高興、好快樂，一直窩在月光下看字。

當她透過眼鏡看著散發金色光芒的月亮時，她開始希望自己能永遠在這間旅館做下去。

可是——

瑟莉姆閉眼嘆息。最近她心裡有點鬱悶。

好一陣子沒作的惡夢都復發了。不是以前那種，是不同類型的惡夢。

「呼……」

瑟莉姆不禁責罵自己的軟弱。這個樣子被哥哥看見，恐怕要挨罵了。

「不過……」她想給自己找個藉口，緊緊地抱著枕頭將臉埋進去，想壓碎心裡的不安，但這當然一點用也沒有。

這時，木窗外傳來腳步聲和桶子扔進井裡的聲音。

似乎是旅館裡最早起，負責掌廚的漢娜開始幹活了。

光是做早餐和準備一整天的菜就是一件累人的工作，非去幫忙不可。

下床之前，瑟莉姆再把臉埋進枕頭大嘆一口氣。

嘆完氣才把臉抬起來，死心下床。

今天的生活也要開始了。

晨間的工作包含打水、打掃、生火和烤麵包。有客人時麵包兩天烤一次，否則四天一次。

揉好麵以後醒一陣子，等太陽升起以後再拿到全村共用的麵包窯烤。

想烤麵包的人要各帶各的柴薪來，然而第一個烤的人因為窯子還沒熱，耗的柴會比別人多，自第二個起便不需要太多燃料，所以要抽籤。

當然，老闆羅倫斯不會因為她抽到第一個就生氣，但這不是瑟莉姆喜歡抽第一的原因。那是因為聚在窯邊的，全是些愛問東問西的三姑六婆。

在冬天將盡之際才突然出現的瑟莉姆，自然是上好的標靶。

況且狼與辛香料亭本來就是話題不斷。

「我回來了。」

這次抽到第四，還算不錯，然而等麵包這段時間還是成了眾矢之的。回到廚房時已經備感疲倦，天也全亮了。

當瑟莉姆將裝滿現烤麵包的籃子擺上作業台後，正在一旁手拿湯瓢攪動大鍋，頗為壯碩的女子──漢娜往瑟莉姆瞥一眼，說道：

「喔，辛苦啦。」

然後漢娜掀開蓋住籃子的布巾，滿意地點點頭。這次麵包似乎也烤得恰到好處，讓瑟莉姆鬆了口氣。她嗅覺優於常人，不用看也能知道窯裡的狀況。如果焦了，只會是取出麵包的動作不夠俐落，拖了時間的緣故。

「狼就是厲害。不會烤過頭，色又上得剛好。可以直接到麵包店工作了呢。」

「那也要麵包店有專門顧窯的工作啊。即使聞得出烤得正好的味道，我也沒有揉那麼多麵團的力氣。」

瑟莉姆尷尬地笑著這麼說，漢娜也笑了。

她有少女的外觀，但不是人類。

真面目是壽命比人類更長的森林居民，一頭白色的狼。

「是啊，妳還是再吃得壯一點比較好。早餐我放在那嘍。」

瑟莉姆的手臂說不定還沒有漢娜一半粗呢。

溫泉旅館的工作大多是粗活，真的會想要更結實的體魄。

然而瑟莉姆不知是受到長期三餐不繼的流浪生活影響還是先天體質問題，食量很小，清晨也沒什麼食慾。

調理台上摻黑麥的麵包、山菜湯和一點醃肉畢竟是漢娜特地準備的早餐。瑟莉姆當吃飯也是工作似的搬椅子過來坐下，拿起湯匙，但就是快不起來。

在她告誡自己要早點吃完去工作時，背後有隻手伸了過來。

「這是煮開的羊奶摻一點葡萄酒、蜂蜜和麵包屑，這樣就吃得下了吧？」

轉頭一看，是漢娜。

「謝、謝謝妳……」

碗裡的東西像是小孩的感冒飲品，肯定是充滿營養。

而它香甜的氣味，也軟化了瑟莉姆發硬的喉嚨。

「妳最近怎麼老是這樣?」

在瑟莉姆喝著香甜濃郁的羊奶時,漢娜無奈地笑著這麼說。

見瑟莉姆縮起脖子,漢娜搖肩而笑。

「我不是在嫌妳。妳個性很老實,不要胡思亂想啊。」

漢娜手扠著腰,唏噓嘆息。

這已經不是漢娜第一次關心她身體狀況了。

「可是……」

瑟莉姆說到一半,有兩個人嚷嚷著進廚房裡來。一個是瘦瘦高高的青年,一個是矮矮胖胖的中年男性。手上捧著裝滿野菜的藤簍和一整籃豆子,之前似乎是在揀菜。

「漢娜姊,這些野菜和豆莢都剝完了……瑟莉姆小姐也在啊,妳早。」

「早、早安……」

瑟莉姆縮了縮身子,將羊奶碗擺到廚房角落。

「哎呀,麵包真香啊。」

矮個子傻里傻氣地這麼說,高個子俐落收好藤簍和籃子。

「漢娜姊,再來要做什麼?乳酪之前翻過面,表面也用鹽水磨過了。水果酒冷了一夜,放在壁爐邊可能比較好。」

「辛苦啦。那就替先生他們弄一點乾肉起來吧。」

漢娜爽快回答，從櫃裡取出一把大剁刀。

瑟莉姆忐忑不安地看著他們，而漢娜不當回事地說：

「還是你們要哭著跑走啊？」

挑釁的笑容非常適合壯碩的漢娜。

來到廚房的兩名男子對看一眼，苦笑起來。

「怎麼會呢，不過在年輕不懂事時的確會這樣啦。」

「哈哈哈，說得好像已經很世故了一樣。」

「哪有啊？」

男子們就這麼耍著嘴皮，帶上一大塊的鹿肩肉和剁刀往廚房後頭走。

目送他們出去後，漢娜轉向瑟莉姆。

「那樣子反而好啦。要是太顧忌他們，他們還覺得難受。」

「……」

瑟莉姆抬眼看看漢娜，視線又旋即落在手上的木碗。

讓她最近情緒低落的其中一個原因，就是他們。

不是討厭他們，是不知道該如何面對。

因為瑟莉姆是狼的化身，而他們是兔子和羊的化身。

「我原本也是只吃樹果的鳥啊，可是在吃飯這件事上，我可不會輸給太太呢。」

自豪的漢娜也不是人，就連旅館老闆羅倫斯的妻子赫蘿也不是。赫蘿和瑟莉姆一樣是狼，還是過去稱為賢狼，大到得抬頭仰望，充滿威嚴的巨狼。赫蘿對瑟莉姆有天大的恩情，她也從來不居功，就算赫蘿是老鼠的化身，瑟莉姆也甘願為她鞠躬盡瘁吧。

不過她們都是狼族，相處起來肯定是比較自在。

後來，有八個非人之人來到這座旅館。

原本以為只是住客，唏哩呼嚕就在這裡幹起活來了。而且他們還全都是馬、兔子、羊、鳥等只吃草葉樹果的動物。

瑟莉姆是狼，和他們自然有不少歧異。例如他們不吃肉，而赫蘿、瑟莉姆和老闆羅倫斯擺在餐桌上的，都是他們的同伴。

瑟莉姆曉得他們涉入人類社會多年，現在不會為這種事感到惶恐或厭惡。如果會，他們也不會來到這座據說是賢狼赫蘿所在的溫泉旅館了。

那麼像漢娜那樣給把剁刀要他們切乾肉，他們應該能做得像弄魚乾一樣輕鬆才對。

當然，瑟莉姆不是不想和他們一起工作。旅館工作繁忙，夏天旺季真的會忙到暈頭轉向。隔一個季節的冬天，同樣也是紐希拉的忙碌時期。有他們幫忙，瑟莉姆是滿懷感激。

在漢娜面前抬不起頭，還有其他的緣故。

「好啦，我也不覺得妳懂得怎麼使喚人就是了。」

漢娜的苦笑惹來瑟莉姆的嘆息。那與她在床上嘆了又嘆的是同一種。她連兩隻手裡捧著的羊奶都忘了喝，喃喃地說：

「赫蘿小姐和羅倫斯先生究竟在想什麼呢……」

瑟莉姆對赫蘿和羅倫斯的崇拜，自然是不在話下。從南方抱著一絲希望千里迢迢來到北方，卻因為計畫不周加上運氣不好，差點就要走投無路時，是他們伸出援手。就算沒這件事，他們的人品也夠討人喜歡了。

不過，或許是旅行商人和賢狼這般人類與狼的搭檔攜手經歷一場場大冒險，最後在北方仙境蓋起溫泉旅館，實現了一段有如童話的故事，兩人總有些偏離現實的地方。前幾天的話，差點沒把人嚇死。

「怎麼會想把旅館交給我……別說半年，一個月以後會變成怎樣都不曉得啊……」

瑟莉姆食不下嚥，惡夢頻仍，動不動就嘆氣，就是因為這個緣故。

某天一早，她為了向老闆夫婦報恩而起個大早工作時，赫蘿對她說——

——汝啊，咱要和他出趟遠門，明年春天到夏天才回來，可以替咱們顧好旅館嗎？不用怕，人手一次多了八個吶。

在北方之地拯救他們的不是別人，就是赫蘿和羅倫斯。

無論是怎樣的請託，都沒有拒絕的道理。

「是啦，這麼突然接下這個重責大任，任誰都會慌吧。畢竟他們兩個就是活在他們的故事裡呢。」

漢娜所表示的同情，可說是僅有的安慰。

「不過他們也是認為妳沒問題才交給妳的吧。羅倫斯先生是通曉人類社會的大商人，赫蘿小姐又是不必多提的賢狼大人。雖然她在羅倫斯先生面前總是那麼可愛的樣子……但她可不糊塗。他們不會強人所難的啦。」

漢娜的話，瑟莉姆都聽得懂。

知道論道理應該是這麼回事沒錯。

不過，她還是無法輕易接受。

「不管我怎麼想，都覺得他們誤會……太高估我了……」

「是嗎？我倒覺得能留妳在這裡工作，完全是他們撿到寶了呢。」

瑟莉姆往漢娜看，而漢娜聳聳肩，對她屈指細數。

「因為妳不會抱怨，不會偷懶，從早到晚都做個沒完嘛。而且還會讀書寫字，又懂算數。像我就不行，數到十就數不下去了。」

瑟莉姆不覺得有這麼誇張，但漢娜平時寸步不離廚房，大概是工匠個性，只專注在一件事情上吧。

「妳不是一下子就接了寇爾的工作，寫一些好像很難懂的東西嗎？」

瑟莉姆沒見過寇爾，只能從他工整的字跡推測他是個嚴謹、優秀，心地多半也很善良的青年。

「記帳那些事……就只是因為先生教過我而已……」

「別這麼說。寇爾他耳根子軟，時常拗不過赫蘿小姐和繆里小姐就買了些多餘的東西又不敢讓先生知道，都藏在我這占位子，讓我頭痛得很啊。可是自從妳來以後，這種事再也沒有發生過。」

瑟莉姆也沒見過羅倫斯和赫蘿的獨生女繆里。聽別人描述，感覺是個愛搗蛋的小狼，是因為身上有赫蘿的血吧。

至於為何帳簿換人管以後再也沒有多買東西的事，瑟莉姆也大概知道是怎麼回事。赫蘿和她同為狼族，可能有顏面要顧。

「妳不是還會做蠟燭、縫衣服，又知道怎麼弄乳酪跟釀酒嗎？」

「那是因為我們流浪的時候很貧困，什麼都學了一點……」

「哪兒的話。我常會跟其他旅館的廚師聊，連個洋蔥都不會剝的多得是呢。」

真的是這樣嗎。

瑟莉姆力氣小，為了不扯兄長們的後腿，總是拚命去做每一件事。

她始終認為這是理所當然，聽到有人為這種事誇獎她，就像在聽水裡的魚講話一樣。

「總之，他們兩個認為交給妳沒問題啦。」

「唉……」

瑟莉姆依然覺得很不踏實，不認為自己管得了整間旅館。

她要指揮的人幾乎是第一次見，而且都不吃肉。若論對旅館的認識，也不過長了他們半年，況且她還沒經歷過據說最忙碌的冬天呢。

我實在不行，可是……還在發愁的瑟莉姆聽見漢娜重嘆一聲而抬頭。

見到的是和藹又無奈的笑臉。

「所以問題是出在妳能不能拿出自信來吧……我教妳一個好方法。」

「好方法？」

漢娜的笑容突然變得十分戲謔。

「我不是說他們兩個活在自己的故事裡嗎？就算他們旅行完回來看見旅館變得亂七八糟，也不會跟妳計較什麼啦。」

「咦！」

漢娜聳聳肩，對睜大眼的瑟莉姆說：

「妳是怕自己管理不好，讓他們回來以後看不到完好如初的旅館吧？我是真的覺得妳不用太擔心這種事啦。」

「可、可是那真的……」

「我是看了他們十多年才敢這樣說的……當然，結果要到時候才會知道。」

瑟莉姆很懷疑漢娜說的話。因為漢娜雖然可靠，卻是不拘小節的人，到哪都可以過得自由自在。而漢娜的表情，似乎也知道瑟莉姆是這麼看她。

「妳就當我騙妳，自己去看看他們吧。而且他們正在為旅行作準備，應該看得出來我為什麼那麼說。」

「……」

瑟莉姆還是放心不下，但漢娜大手一拍，結束了這個話題。

「好啦好啦，喝完就趕快去幹活吧。先生他們有很多東西要準備，還要教新來的做事，也該開始儲備冬天的東西了。」

對喔。瑟莉姆這才回神想起工作的事。

心中諸多疑問與不安，都暫且和碗裡的羊奶一起喝下去。

溫溫甜甜很順口，一下就全進了胃裡。

「我、我吃完了。」

喝得很趕，有點淹到喉嚨的感覺。

「好，要努力喔。」

沒動多少的早餐，漢娜會當午餐收拾掉。

瑟莉姆投身於日常工作之餘，漢娜說的話也在腦袋裡某個角落打轉。

看看他們就會懂，是怎麼說呢。

瑟莉姆搓著一次喝太多而略鼓的肚子這麼想。

打個飽嗝，是因為還有很多不安沒消化完。

狼與辛香料亭老闆夫婦沒有刻意隱瞞他們要遠遊的事。

尤其羅倫斯是村裡資歷最淺的老闆，旅行期間無法執行村中義務，需要事先報備。

於是他將瑟莉姆帶到公倉兼集會所，說明義務暫時由她代理，介紹給其他旅館老闆認識。

這樣的小丫頭做得來嗎？如此輕視質疑的眼光，瑟莉姆在流浪生活中早已看慣了。過去都是

將沒做過的事說成已經習慣，做不太來的也答應人家，總之先接下工作再說。

不過她也自認比其他老闆更曉得自己代替不了羅倫斯。

羅倫斯對此一點也不在意，況且人都介紹出去，收不回了。或許是羅倫斯平時做人成功，還

有幾個老闆表示體諒，願意提供協助。

瑟莉姆不是第一次抱著視死如歸的心情，但這次比拚自己的命還要緊張。甚至巴不得他們晚一天出門，早一天回家。

然而世事往往不盡人意。

「亨萊先生，太陽銀幣三十枚；達多利先生，盧米歐尼金幣五枚、崔尼銀幣二十三枚……」

瑟莉姆和羅倫斯在旅館帳台比鄰而坐，在紙上抄寫羅倫斯所說的話。

原本寬闊的帳台現在堆滿了東西，彎腰下來抄寫，就像被埋起來了一樣。

那些東西包含瑟莉姆在流浪時幾乎碰不到的高品質金銀幣，還有各種墨跡未乾，黑得格外顯眼的各種字據。

「雨果先生，太陽銀幣五十三枚、蘭堡銀幣十五枚……」

羅倫斯念的都是紐希拉溫泉旅館老闆的名字，以及他們託羅倫斯順道兌換的金額。金幣和優質銀幣價值太高，買日用品不方便，需要換成面額小的貨幣。

不僅是紐希拉，現在全世界商業行為都很發達，村裡很缺能用來找錢或買點小東西的貨幣。

既然羅倫斯要出遠門，當然會希望他在外界換點零錢回來。

因此，或許是羅倫斯人望好吧，裝滿現金的袋子在旅館的大帳台堆得好高。

「……現在總共有多少啦？」

羅倫斯拿著為防日後爭議而寫的金額字據揉揉眼頭說。他從上午就坐在天平前，秤各家老闆交來的貨幣有沒有動過手腳。

「呃……總共是太陽銀幣四百二十二枚、盧米歐尼金幣四十一枚、路德銀幣二十二枚、蘭堡銀幣三十七枚、蒂塔萊茵主教領土銀幣二十二枚……」

手上的紙寫了一大排沒看過也沒聽過的銀幣，且數量還有點尷尬。列表最底下的，甚至只有一、兩枚。

羅倫斯閉上眼睛，應該不是疲勞的緣故。

「……大家都把難搞的貨幣丟給我了……」

果然沒錯。瑟莉姆在心中嘟噥。

出外旅行，很容易就會發現貨幣的種類要比經過的聚落多。最令人頭痛的，就是同一枚銀幣在不同地域的價值很容易波動，甚至會有不能用的時候。

紐希拉有很多遠道而來的客人，自然堆積了很多當地不流通，苦無用處的貨幣。

「算了，貨幣還算好的呢……又不是要拖著這些東西到處跑。」

羅倫斯曾經是旅行商人，懂很多商人的魔法。

瑟莉姆原以為真的要拖著貨幣四處跑，結果只要帶著名叫匯票的證書就好。似乎是有了匯票，就能在商行換到面額上的錢。所以只要為目的城鎮選對商行，和拖著大量貨幣旅行完全是同樣作用。

對於長年流浪，說話沒有任何信用可言的人來說，商人之間的信用關係根本就是魔法。

「問題是那邊吧……」

羅倫斯視線另一頭大門敞開，馬先生和鹿先生在屋簷下辛勤工作。他們將屋簷下大小各異的麻袋一一打開聞聞味道，攬一攬掂掂重量，然後在手上蠟版寫些東西。

「您想把那些全賣了嗎？」

瑟莉姆含蓄地問，只見羅倫斯表情變得像受人欺負的狗，用手指撥撥眼前天平說：

「就算賣不完……也得設法處理掉呢。」

羅倫斯嘆息的對象，是裝滿硫磺粉的麻袋。

正確來說不是真的硫磺，而是從紐希拉的溫泉蒐集來的溫泉粉。溶在熱水裡就會有泡溫泉的感覺，是來到紐希拉不可錯失的名產。

但儘管很受歡迎，這東西真的就像水一樣源源不絕，要多少有多少。

那些旅館老闆們，搞不好一聽說羅倫斯要下山旅遊，就趁機把庫存全塞給了他，要他在路上賣一賣。

羅倫斯人好是一回事，主要還是新人不好拒絕前輩的請託，沒別的選擇。

瑟莉姆流浪多年，自然是切身地明白融入新環境是多麼辛苦且重要的事。

麵包窯前一雙雙充滿疑問的眼睛，隨時都可能極其輕易地變成敵意。

「賣的錢可以抽一部分佣金，這也代表了其他老闆對我的信賴。不努力賣出去怎麼行呢。」

總是樂觀的羅倫斯換上笑容這麼說，繼續算錢。

瑟莉姆在旁邊看著老闆的側臉，無言以對。誠懇老實的羅倫斯，讓她有時看得很難受，渴望替這個好心腸的老闆多出點力。然而事實上幫不到多了不起的忙，令人揪心。

同時，這也讓她又開始擔心自己會不會在他們下山時，毀了他們辛苦建立起來的微薄信用。一旦村裡有事要開會，她就得以羅倫斯的名義來處理問題了。

而且瑟莉姆最近也漸漸了解到一些村裡的事。狼與辛香料亭的羅倫斯到現在還被人當新人看的原因之一，是因為他資歷最淺，生意卻好過大半旅館。看不慣新人成功的，好像還不少。

一想到不能給他們見縫插針的機會，瑟莉姆的眼神裡就多了點怨恨。但對象不是其他旅館的老闆，而是這老闆善良理智的側臉。

怨的是為何要給她那種重任。

再加上羅倫斯收了那麼多硫磺粉和高額貨幣，就算無法完全解決，顯然也要處理掉八、九成才有臉回村子。換言之，他們回來的時間會比預期晚。

知道這些事，讓瑟莉姆更希望他們能盡快回村。她實在不想一個人坐這張帳台。正因為希望達成他們的期望，才會害怕自己要面對的巨大問題。

一旦失敗就會立刻傷害自己所崇拜的主人，讓原本就不怎麼堅強的瑟莉姆想哭得不得了。

糾結到一半，熟悉的腳步聲傳入耳裡。

抬頭一看，是赫蘿從二樓下來了。

「怎麼，出大事啦？」

赫蘿見到帳台的樣子，開口就這麼問。

她打扮和平時不太一樣，沒有遮掩狼耳狼尾。平常都是將耳朵用頭巾纏起來，將尾巴用裙子蓋住。

「真正的麻煩在那邊。」

羅倫斯指向屋簷下，赫蘿「哼」一聲皺起眉說：

「咱在二樓都看到啦。屋前屋後都是硫磺的味道，鼻子都快壞掉了。」

屋後是因為浴池。說也奇怪，沒人時總有特別濃的硫磺味乘風而來。

「真是的，汝再好心也該有個分寸唄。不知道怎麼拒絕嗎？」

少賣點硫磺、少換點貨幣，兩人就能早點回來。瑟莉姆在心中強烈贊同赫蘿。

「這是責任和信賴的問題，表示我在村裡的地位已經有這麼重了。」

平時聰明的羅倫斯，在赫蘿面前不知怎地總是像個傻瓜。

「大笨驢。人家只是讓汝這個腿跑得好聽一點而已。」

赫蘿斷然否定羅倫斯的話，繞進帳台裡來，並伸手制止瑟莉姆讓位。

「這還要做多久啊？」

赫蘿看著帳台上的貨幣堆和天平說。

「如果妳不把工作都推給瑟莉姆一個，就能早點結束了。」

瑟莉姆聽見自己名字而愣了愣，與赫蘿四目相交。

赫蘿對她和善微笑，然後冷冰冰地對羅倫斯瞪一眼。

「大笨驢。要不是汝這個小氣鬼不想在城裡買冬天穿的衣服，咱也不會有那麼多東西要縫啊。還是說，這邊的金幣咱可以拿幾個走？」

先不提真面目怎麼樣，化為人形時的赫蘿外觀比瑟莉姆還年少瘦小。手指細到連縫衣用的頂針都看起來像厚重的手甲。

深秋就快到了。入冬以後，禦寒用品是至關重要。

「拿就拿啊，我再從路上的飯錢酒錢扣回來就好了。」

不過，羅倫斯也不會只是挨打。

赫蘿的嘴頓時抿成一條線。

這是常有的事。瑟莉姆很喜歡他們這樣，怎麼也看不膩。見到世界上有這麼幸福的人，會讓她心中湧出近似希望的感覺。

「所以咧，下來做什麼？只是來糗我的嗎？」

「哪有，咱是來幫汝量尺寸做皮草的。早上不是有個皮草裁縫到村子裡來嗎，每間旅館都會跟他訂很多冬天用的東西唄？不早點下訂，好料子都被人家用光了，還要等很久吶。」

「是這樣沒錯啦……」

羅倫斯這麼說之後，往瑟莉姆瞥一眼。含帶歉意，是曉得體諒周遭的善心人眼神。

「剩下的我自己做就好了。」

「……不好意思，麻煩妳了。」

見到瑟莉姆的微笑，羅倫斯放心地陪笑，轉向赫蘿。

「趕快量一量。」

「要是汝身材沒變，咱也不用多費力氣了。」

「唔！」

最近開始注意腰圍的羅倫斯尷尬的樣子，惹來赫蘿的賊笑。

接著這位活了數百年，或許曾經掌管過大片森林的賢狼赫蘿，保持天真少女的樣子依偎著羅倫斯上二樓去。

他們的背影讓瑟莉姆先是一陣傻眼，然後微笑起來。

沒有被他們交出的重任壓垮，一部分也是因為不想給那份恩愛潑冷水的關係。

不可以傷害他們的幸福。

瑟莉姆在心中這麼說，繼續工作。

旅館一次多了八個人，晚餐變得非常熱鬧。羅倫斯身為老闆，不時需要陪客人吃飯，赫蘿就很少這麼做了。不只是因為需要遮蓋獸耳獸尾，瑟莉姆最近察覺到，儘管她一副超然的樣子，說不定比她還認生。

但換成非人之人，就沒有這種顧慮了。「不管喝得再醉，都不會有人注意咱的耳朵尾巴嘛。」赫蘿一邊這麼誇口一邊喝，讓羅倫斯看得是一副苦瓜臉。

不過赫蘿也不是什麼都不顧，只顧開心吃喝。雖然她看起來豪放不羈，事實上比誰都在乎他人感受。

晚餐後，赫蘿叫瑟莉姆出去。因此收拾了餐桌，準備好明天所需後，瑟莉姆來到旅館外，在附近樹林中找到赫蘿。她難得一個人，可能是羅倫斯和其他人聊得正起勁吧。

而赫蘿的樣子，讓瑟莉姆覺得她真的是個很細心的人。

因為她嘴裡叼著餐桌上沒見到的肉乾。

「沒肉的燉菜，根本跟沒吃一樣。」

赫蘿似乎也注意到瑟莉姆的視線，表情不太高興地這麼說。雖然像是怒氣無處發洩，但多半是他們來了後，赫蘿自己吩咐過漢娜，才會幾乎沒肉可吃。表情不高興，是因為被人發現自己特別顧忌他們而在害臊吧。

「那就在哥哥他們的旅舍裡吃點肉湯吧。」

赫蘿叫瑟莉姆出來時，大多是要帶她往西翻過兩座山頭，到她兄長等人所經營的旅舍。瑟莉姆猜想今天也是如此，於是這麼說。

「大笨驢，咱可不是去吃飯的。」

結果遭到赫蘿反駁而縮起脖子。

「咱是旅行上有些事要問汝哥哥他們。好啦，過去再慢慢說……咱們早點出發吧，不然明天就難受了。」

「好、好的。」

在黑夜翻山越嶺不是人腿辦得到的事，兩人都要恢復原形。正當瑟莉姆急忙脫衣時，赫蘿忽然說：

「請他們煮個肉湯會太麻煩嗎？」

瑟莉姆停下解腰帶的手，愣愣地看著赫蘿。

靦腆的笑容漸漸在赫蘿臉上暈開。

若問她喜歡赫蘿哪一點，那就是這點吧。

「哥哥他們反而會開心吧。聽說他們最近獵到一頭很大的鹿，現在吃正是時候。稍微曬乾一點，會更有滋味呢。」

「喔，那真是太好了。」

赫蘿兩、三下脫光衣服，先一步化為狼形。毛髮仍是那麼柔亮，風姿仍是那麼雄偉。

「衣服怎麼辦？要吃肉湯的話，帶去比較好吧。」

平常不是交給羅倫斯，就是塞在樹洞裡。

『說得也是，那就綁在尾巴上唄。』

瑟莉姆點點頭，用腰帶束起赫蘿的衣物。

『汝的也綁上來。』

見瑟莉姆傻愣地眨眼，赫蘿用長滿尖牙的嘴笑道：

『難道要咱用爪子綁嗎？』

「那倒是。」瑟莉姆笑著脫衣，同樣綁在赫蘿的尾巴上，恢復狼形共赴黑夜的山嶺。

伴著赫蘿奔過兩座山頭後，沒多久就看見了旅舍。那裡原本是修道院，現在供巡禮旅人過夜。

旅人們都是來參拜據說永眠於修道院地下的聖女。

想到自己就是聖女傳說的源頭，總會讓瑟莉姆尾巴發癢。

在距離旅舍一段距離處站了一會兒，聞到她們氣味的兄長阿朗以人形出現。瑟莉姆每次看見過去以當傭兵維生的兄長穿上僧侶長袍還頗像樣，都覺得很好笑。

『不好意思，突然就來了。』

「哪裡。今天什麼事，肉不夠嗎？」

狼與辛香料亭為節省開支，現在大多不是向城鎮買肉，而是拿東西換取阿朗他們獵來的肉。阿朗他們也因此省了跑城鎮買日用品的時間，直接跟羅倫斯換就好。

『不是，有件事想問問汝等而已。』

「這樣啊……」

阿朗略顯不解地往瑟莉姆看。瑟莉姆和他對上眼就低頭抬眼，表示她也不曉得。

『現在忙嗎？』

「不、不會，只有兩個特別的客人下榻，清閒得很。」

『那就不好意思，占用汝一點時間啦。』

赫蘿說完就恢復人形。狼形時也是赤身裸體，但這時阿朗就會禮貌性地轉頭不看，讓瑟莉姆覺得有點不明就裡，但似乎也能了解他的想法。

瑟莉姆也跟著赫蘿恢復人形穿上衣服。

赫蘿用手整理著穿衣時弄亂的耳毛尾毛。

「咱想問的，是關於族人的事。」

「族人……我們狼族嗎？」

「咱要去旅行一段時間，想說順便趁這個機會增廣一點見聞。」

赫蘿說得像不當回事，但看得出有點緊張。阿朗也是如此，有點緊張地看著她們。

可能是因為第一次見面時曾經惹赫蘿生氣吧。

於是瑟莉姆替兄長問：

「赫蘿小姐，請問那是……」

赫蘿這才發現那是這對可憐兄妹不敢涉入的問題，尷尬地笑了笑。

「抱歉抱歉。咱吶，是想查查看從前夥伴的下落。」

赫蘿在遠古時代似乎就是住在約伊茲一帶，後來出外闖蕩，在遠方一落腳就是數百年光陰，其間從沒見過故鄉的同伴。日後再見到的，就只是同伴的腳爪殘肢而已。

現在，赫蘿雖讓女兒繼承了這位同伴的名字，但同伴仍是杳無音訊。

「下次旅行不曉得是什麼時候，而且大多數都混進人類社會裡去了唄？既然汝等是從南方一路漂泊上來的，說不定有聽說過些什麼。」

「呃……既然這樣，我們當然是竭誠相助。」

聽阿朗這麼說，赫蘿以笑容表示感謝。

「啊，還有一件事。」

曾惹赫蘿生氣而夾著尾巴的阿朗立刻挺直背脊。

「咱肚子有點餓，可以煮點肉給咱吃嗎……」

害羞地這麼說的赫蘿可愛極了。對於武人性格、比較死腦筋的阿朗來說，這樣淘氣的態度或許剛剛好。

阿朗愣了一下，表情變得像看見主人扔出木棒的小狗。

「包在我們身上。現在正好有熟成得恰到好處的鹿肉。」

「喔喔。」

這時赫蘿舔嘴唇的動作，就不是演戲了。

「要在修道院那吃嗎？」

「在這裡吃比較自在。生堆火就不冷了唄。」

「知道了。」

阿朗使個眼色，瑟莉姆就全明白了。

一聲「我先走了」就先一步到修道院去。

心裡對赫蘿來到這裡的理由有點意外。

旁人也能明顯看出赫蘿和羅倫斯是刻意將彼此壽命、種族等差異蓋在地毯底下過活。

所以瑟莉姆原以為假如赫蘿會去找同伴，也是等羅倫斯過世以後的事。再說若真的要找，即使有赫蘿那般勇健的狼腿，也不是半年跑得完的。

這世界有上百個國家，每個國家都有好幾個大城鎮，中等的更是它們的十幾二十倍之多，村莊就搞不好有上萬個了。如今，大多古獸都混入了人類社會，低調度日。一個個找尋線索是非常辛苦的事，且光是要鑑別自己過去旅途上同伴傳聞的真偽，也是一樣困難。

赫蘿要瑟莉姆代管旅館工作時，是說春天到夏初回來。若真是如此，頂多是半年的旅程。

該不會……瑟莉姆和兄長等夥伴一起準備煮肉湯時，注意到一件事。

難道赫蘿不打算半年就回來嗎？

會不會原本真是這麼想，但是見到村人塞給羅倫斯那麼多東西而不得不改變想法。瑟莉姆覺得，這是很有可能的事。

赫蘿幾乎每天都會拿著紙筆，在旅館晃來晃去找趣事。只要來自遠方的客人聊起當地名菜就會請漢娜做做看，沒材料就要羅倫斯買，這種事發生過好多次。

而且瑟莉姆也知道，只要有錢、有朋友接濟，旅行會是一件非常棒的娛樂。畢竟在有一餐沒一餐的流浪生活中，見到壯麗景色也會熱淚盈眶，面對莊嚴殿堂也會為之愕然，至今也忘不了當時的感動。既然羅倫斯過去是傑出的旅行商人，可以什麼都不用怕，盡情享受旅行的精髓。若這趟旅行還有個實際的意義，更沒有半年就結束的道理。

不過瑟莉姆根本沒膽去問，也沒有那個臉求他們早點回來。

在瑟莉姆眼前，赫蘿切肉撕菇蕈，雀躍地主動備料，還偷偷多灑一點鹽調味。見到她愉快的樣子，就連瑟莉姆心裡也暗潮洶湧。

怨她都不知別人多麼煎熬。

湯煮滾了，赫蘿也探出身子笑嘻嘻地挑開菇蕈，在碗裡裝進滿滿的肉，吃得尾巴左搖右擺。完全就是個無憂無慮，大而化之的天真少女。

然而瑟莉姆也不認為赫蘿是不守約定的人，讓她更糾結了。

再說，假如赫蘿不會半年就回來，希望她一開始就這麼說。不然瑟莉姆已經能想像自己好不容易熬過忙碌的冬天，引頸期盼春天到來，一天又一天地等待老闆夫婦回來的樣子。

相信每過一天，她就會耗弱一分。因為她是相信赫蘿和羅倫斯明天就會回來笑著接下工作，才能夠撐下去。

要是夏天到了都不回來怎麼辦？瑟莉姆認為自己一定會很沮喪。馬跟鹿那八個客人，也不一定會永遠待在這裡。比起否極泰來的明天，遲早要搞砸的未來容易想像得多了。

有些事，是因為相信有更好的人來接手才撐得下去。

可是，假如他們……瑟莉姆看著手上的碗鑽牛角尖時，有湯杓伸了過來。

「用那種臉面對這麼棒的肉湯，對肉是一種褻瀆吶。」

抬頭見到的是赫蘿戲謔的笑，手上的碗轉眼就堆滿肉塊和菇蕈。

「而且，汝真的需要多吃一點。肉吃得夠，臉色就不會那麼蒼白，身體也會充滿活力，心裡的鬱悶也會掃得一乾二淨。」

赫蘿坐正姿勢，又咯咯笑著說：「如果有酒就完美了。」

「呃……」

瑟莉姆知道自己個性並不開朗，但現在心裡的鬱悶都是源自於她。就在瑟莉姆哀怨地看回去時——

「這都是因為，咱那頭大笨驢喜歡瘦弱的女孩子，可不能讓他起壞念頭啊。」

「咦！」

同時還有一聲「咳呼！」，原來是鍋子另一邊的阿朗嗆到了。

「咳咳……瑟、瑟莉姆，妳……」

「不、不要誤會啦！」

瑟莉姆大聲辯解，讓赫蘿笑得十分愉快。

「咯咯咯。那頭大笨驢要是敢對汝動歪腦筋，咱已經把他大卸八塊啦。」

不要欺負人家嘛……瑟莉姆往赫蘿看，見到她泛紅的琥珀色眼睛調皮但親暱地瞇起，咧齒而笑。

「咱希望汝留在旅館裡。為了不讓他愛上汝，汝可要趕快吃成像漢娜那樣喔？」

漢娜身材粗壯，戰爭時跟著軍隊烤麵包似乎也累不倒她。那種體型的人，的確能在旅館成為強大的戰力。

赫蘿好像還滿擔心瑟莉姆。她是看似旁若無人，卻又比誰都更關心周遭的人，才會發現瑟莉姆有滿肚子煩惱吧。

那麼現在，不正適合問她是否真的會在春天回來嗎。

於是瑟莉姆下定決心要開口時——

「不開玩笑了，說族人的事。傳聞也沒關係，如果能標在地圖上就更好了。」

赫蘿馬上就轉到了下一個話題。

「這……好的。」

阿朗又窺探瑟莉姆，支吾地回答。錯失機會和兄長不經大腦的誤會，讓她嘟著嘴別向一邊。兄長管教嚴格，自己的事都要瑟莉姆自己做，但總會在奇怪的地方表現出過度保護的一面。這個反應，總算讓他知道誤會了。

「那我這幾天就給您送去。不過，其中有些恐怕不太想跟人接觸，或者純粹是傳言而已。」

「不麻煩的話，就幫咱說明幾句唄。畢竟咱同伴的爪子，是人類的傭兵團極其珍重地傳承下來的。人現在流落到哪裡去了，根本無跡可循。」

「我知道了。」

「拜託啦。」

赫蘿略顯苦笑，是因為阿朗太拘謹了吧。

「還有，也幫咱準備一些路上吃的肉唄。那頭大笨驢小氣得很，讓他在鎮上買，一定專挑吃起來像木板的那種。」

「一定辦到。這時節多風，可以曬出很好的肉。如果再給我們一點時間，要醃肉或香腸都能替您準備。」

「大笨驢。要是汝等準備那些肉弄得滿手是血，客人不奇怪才怪吶。」

阿朗愣了一下才想起自己穿的是什麼服裝。

然後害羞地垂眼搔頭。

「汝的好意咱心領了。不要緊，在路上吃當地的東西，也是旅行的精華所在嘛。」

赫蘿咯咯笑著說。

赫蘿和羅倫斯這對老闆夫婦，真的會在春天回來嗎。

漢娜哄了瑟莉姆那麼多，但不管怎麼看他們，都只是徒增不安。

瑟莉姆大口咀嚼鹿肉。

香濃的肉味頓時在口中漫開。

日常生活又安穩地過了幾天，但距離日常結束的時刻也步步接近。

當羅倫斯整理完其他旅館老闆交給他的東西，要給赫蘿的狼族記事也快寫完時，八個新人手也把工作學得差不多了。

不曉得算不算失算，這些旅館的新幫手工作非常認真且優秀。瑟莉姆現在只要管好帳簿，和往來紐希拉的商人們議價進貨，旅館就能順利營運了。雖然漢娜笑著說：「看吧，根本不用擔心嘛。」但瑟莉姆還是緊張得不得了。

惡夢仍在持續。昨晚是夢到旅行途中躲進寒村倉庫過夜，兄長們說要出去找食物結果怎麼等都不回來。即使對自己淺白的個性感到無奈，那依然正確地顯示出她的恐懼。

馬和鹿他們再怎麼優秀，也不可能永遠待在這裡。

若非相信赫蘿和羅倫斯春天就會回來，遲早會被惡夢壓垮。

然而身為員工，實在厚不起臉皮在大恩人老闆夫婦開心準備旅遊的途中請求他們早點回來。

這天，瑟莉姆也在兩人打點旅行要用的貨馬車時替他們送午餐，並在心中祈禱著他們永遠整理不完。

「汝啊，這貨台就不能弄大一點嗎？」

「再大下去要幹麼？又不是要去作生意。再說妳只是想在寬敞的貨台上睡午覺吧？」

「大笨驢！汝忘了誰睡相比較差嗎！」

拌嘴的兩人面前，是忙著改造馬車的工匠。馬車似乎是羅倫斯行商時用的東西，現在都用來堆放貨物而已。

今年春天去斯威奈爾時，是租別人的馬車來用。若旅程長到一定程度，他們認為還是用這輛比較好。

若問為什麼，多半只是因為東西還是用慣的好。可是聽在瑟莉姆耳裡，會變成因為他們這趟旅行會很久很久，恢復過去那樣的生活，所以用這輛馬車。

瑟莉姆在嘻嘻笑笑的兩人身邊放下夾了烤醃肉和乳酪的麵包跟蜂蜜酒，將嘆息悄悄吞下去。

「唔，吃飯啦。」

赫蘿抽抽鼻子轉頭。

「都中午啦。各位師傅，如果差不多了就先休息一下吧。」

赫蘿馬上就伸手拿麵包，羅倫斯則是先知會工匠。能否像這樣照顧人，也讓瑟莉姆不安。工匠們簡單應話，往村廣場走了。是因為那邊東西便宜，份量又大吧。

「話說汝啊，馬要怎麼辦？」

工匠們一走，赫蘿就取下頭巾，讓耳朵呼吸新鮮空氣般抖一抖。

「馬啊……斯威奈爾有以前那個夥伴的後代……不曉得能不能借上半年。」

「乾脆就買下來唄？」

「大笨驢。」

羅倫斯學赫蘿說話，擺臉色給她看。馬匹本身就是一大財產，為預算傷透腦筋的羅倫斯聽到這種話一定很頭痛。

想不開的瑟莉姆都甚至想替他們拉馬車了。

牛能拉犁，狗能拉雪橇，那狼拉馬車也不成問題吧。

「我會找匹好馬來的啦。凶悍的馬比較便宜，可是會乖乖聽妳的話吧？」

「或許是會聽咱的話沒錯，但汝的話就不一定了。」

「妳也來坐駕座不就好了。不要只想躲在貨台睡大覺。」

赫蘿賭氣轉過臉，大口咬麵包。聽漢娜說，赫蘿在瑟莉姆來之前更懶散，不是賴床就是午睡。

羅倫斯也說過，有同族來以後她就沒那麼懶了，幫了大忙。

不過反過來說，那說不定會是赫蘿不想回旅館的理由之一。

「不說馬了，沒啤酒嗎？話說累了，想找點冰涼順喉的東西喝。」

「啊，不好意思。」

瑟莉姆是看他們獨處時喜歡喝蜂蜜酒才拿的，結果好像不適合現在。正想回廚房時，羅倫斯叫住了她。

「瑟莉姆小姐，不用去沒關係。赫蘿，要喝自己去拿，不然路上怎麼辦。」

「唔……」

赫蘿咿咿嗚嗚，不情不願地往廚房走。瑟莉姆見到羅倫斯不會一味討好赫蘿，赫蘿也不是只會撒嬌，有點驚訝。

「不好意思喔，赫蘿她經常使喚妳吧。」

「咦？」

羅倫斯突然這麼問，讓瑟莉姆心裡一慌。

「也、也沒有啦……」

見到瑟莉姆不自然的反應，羅倫斯無力地苦笑。

「別看她那樣，她很怕生的。或許是這個緣故，只要跟誰親近了，就會一直黏上去。」

瑟莉姆覺得羅倫斯說得沒錯，但也不討厭赫蘿使喚她。

「那、那個，我……」

「沒關係，不要緊的。赫蘿突然告訴妳這種事，妳一定很錯愕吧。」

「這……」

一點也沒錯。錯愕的感覺還盤據在胸肩一帶，隱隱作痛。

「赫蘿她……那個，她說想出去旅行其實是為了我，可是我想都沒想到，她會直接把店交給你們顧。」

這是當然。怎麼會找一個來到旅館才半年，又不夠熟悉人情世故的小狼女接管呢。

瑟莉姆覺得機會來了。現在這個時刻，自己說得出來。告訴他這的確是件魯莽的事，請他重新考慮。

然而，羅倫斯快了一步。

「可是妳願意接受，真的是太好了。謝謝妳。」

「……」

被這老好人的無瑕笑容一照，瑟莉姆什麼也說不出口。

「旅館交給妳，我們也安心。報酬的部分，我當然會多撥一點給妳。」

羅倫斯的語氣彷彿瑟莉姆接管旅館的事已經說定，而他也的確介紹她給其他老闆認識了。現在已經沒有求他們放棄旅行，或帶她一起走之類的選擇。

那至少……瑟莉姆心想。

羅倫斯啃著麵包，表情愉快地看著改造中的貨馬車，似乎在想像旅行的情境。瑟莉姆注視那張側臉，緊握著手嚥下要把心臟擠出咽喉的緊張，開口說：

「那、那個……」

「嗯？」

羅倫斯轉過頭來，瑟莉姆依然不敢直視。

「那、那個……呃……」

「怎麼了嘛？」

再這樣下去會引起懷疑，瑟莉姆愈來愈急。

視線飄來飄去到最後，說的是這種話。

「那、那些硫磺……您全部都要帶走嗎？」

當置物架用的貨馬車上，受損的木板都已替換，生鏽的鐵具也磨亮並鎖緊，車輪也換新了。現在已經變成堆放大量貨物，感覺去哪都不成問題的堅固馬車。

瑟莉姆的問題讓羅倫斯表情有點疑惑，但很快就轉為笑臉。

「哈哈哈，謝謝妳替我操這個心。不過妳放心，我是會把他們給我的都帶走沒錯，但我本來就不認為可以全部賣光。」

「……咦？」

「而且……妳不要說出去喔。」

羅倫斯往旅館瞥一眼。赫蘿大概是在廚房偷吃，到現在還不回來。

確定沒她的影子以後，羅倫斯苦笑著說：

「我盡可能地收他們的硫磺跟貨幣，其實是有原因的。」

「……有原因的嗎？」

不是為了維護自己在村裡的地位嗎？瑟莉姆就是這麼想，才會這麼擔心自己損害到羅倫斯辛辛苦苦建立起來的風評。

然而瑟莉姆的擔憂落了空，羅倫斯帶著十分平穩的微笑說：

「對，有原因的。赫蘿那傢伙不是拜託你們做了些事嗎？」

瑟莉姆一時還沒聽懂，隨後才想到是找族人的事。

「就在今天早上，阿朗先生專程把東西送了過來。我想赫蘿大概不想讓我知道，所以我假裝是漢娜小姐收的。」

聽到現在，瑟莉姆還是不懂這和硫磺及貨幣有何關係。

而且赫蘿委託阿朗，是羅倫斯收下硫磺及貨幣以後的事。

瑟莉姆等羅倫斯繼續說，而他保持笑容，輕吐了像嘆息的氣。

「赫蘿很少露出狐狸尾巴，不過我知道她其實是想找以前的同伴。」

「這……」

「當然，她是知道說出來會讓我頭痛才瞞著我……所以這次旅行對她來說是一石二鳥之計。喔不，她好像還打算到處吃客人聊過的美食，算三鳥吧。」

羅倫斯看著馬車啃剩下的麵包，嚼一嚼吞下去。

「而且她這個人愛面子又頑固。就算在旅途上發現一點點從前同伴的蛛絲馬跡，要是距離遠了點她就會放棄了，說什麼太麻煩之類的。平常討吃的明明都很任性，可是在真正有影響的時候，還是會以我每天擔心的盤纏為優先。」

不知怎地，赫蘿那麼說的樣子自然就浮上眼前。赫蘿基本上個性非常體貼，甚至有時可說是太在乎別人。

不過想到那都是因為她最愛的羅倫斯，還沒有嘗過戀愛滋味的瑟莉姆就有種既羨慕又揪心的奇妙感覺。

「所以我才堆了那麼多硫磺，還找工匠過來弄得這麼堅固。」

話題忽然轉回來，讓瑟莉姆有如從夢境中醒來。

「這樣我就能說其他老闆給我的硫磺還剩這麼多，沒賣完不能回去了。」

啊啊。瑟莉姆心想。

原來這輛貨馬車裝滿了羅倫斯對赫蘿的愛。

覺得美好的同時，瑟莉姆什麼也說不出口了。

從羅倫斯的話聽來，這趟旅行似乎是要多長有多長。

為了赫蘿，羅倫斯可以永遠陪她浪跡天涯。

「如果因為這樣晚了一點才回來……拜託妳看在我的面子上，原諒赫蘿的任性。」

等到羅倫斯終於說出這句話，瑟莉姆也半放棄地對他微笑。

後來羅倫斯看赫蘿拖得太久，請瑟莉姆回旅館叫她。腳步飄忽，是因為壞預感成真了。

瑟莉姆已經見到自己盼不到他們回來，惶恐地獨坐帳台的樣子。

她就這麼搖搖晃晃地穿過大廳和走廊，然後在進廚房時愣住了。

因為赫蘿手拿大衣，很賣力地不知在做些什麼。

「唔，是汝啊。」

赫蘿注意到瑟莉姆出現而往她一瞥，隨即繼續做她的事。原以為她會如羅倫斯所說，在這裡偷吃東西，結果好像不是。

她疑惑地往更裡頭的漢娜看，而漢娜也沒輒似的聳聳肩。

「那個，羅倫斯先生找您……」

「嗯。」

赫蘿簡短答覆並將大衣用力一抖，攤在調理台上。

似乎是在內裡縫些東西。

「咱很快就收拾好，等一下啊。」

一旁架子上還擺了腰帶等東西。瑟莉姆好奇地仔細看，只見赫蘿動作熟稔地將同色布塊縫到大衣上，然後將折起的紙片小心地塞進縫隙裡。

「啊。」

瑟莉姆不禁出聲，讓赫蘿的視線稍微揚起。

「嗯，汝哥哥送來的就是這個。」

看來赫蘿是想把阿朗送來的族人下落藏在衣服裡。

「咱完全忘了他是個老實人，幸好是漢娜收的。要是被那頭大笨驢看見，事情就麻煩了。」

「咦。」

瑟莉姆想起羅倫斯先前說的話，又不禁叫出聲。

羅倫斯是裝作不知道赫蘿在搞什麼鬼，不然也不會請漢娜幫他演戲。

在瑟莉姆為不知能否蒙混過去而著急時，赫蘿的視線回到手邊，說道：

「真的會很麻煩，因為他實在是頭大笨驢。」

看來赫蘿單純是將瑟莉姆的錯愕當作驚訝。

「所以要在他發現之前趕快縫進衣服裡。」

量並不多，赫蘿動作又快，再過不久就會結束了。

不過瑟莉姆仍然不懂赫蘿為什麼要這樣做。

「可、可是赫蘿小姐……」

「嗯？」

瑟莉姆忍不住開口，赫蘿的視線卻使她遲疑。

為該不該說猶豫片刻後，她覺得沉默也不對，便說：

「呃……羅倫斯先生應該會很樂意幫您找族人吧……」

即使沒有先前那番對話，瑟莉姆也是這麼想。

赫蘿回視瑟莉姆的眼，突然間眉毛左右不對稱地扭動，露出自嘲的笑。

「所以才要這樣。那傢伙可是會找得比咱更積極，連咱都噁心吶。」

說到這裡，赫蘿打嗝似的吐吐舌頭。

「都這麼多年了，咱也不是那麼在乎以前的日子，只是想找到一點線索就好了。」

意外之語讓瑟莉姆不知如何反應時，赫蘿無奈地笑道：

「汝等替咱想了很多，汝那個哥哥也實在老實，什麼都寫了，可是咱其實不會認真去找。再說只去那麼幾個月，也找不出什麼所以然唄。」

那就是瑟莉姆擔心的事。赫蘿擁有堪稱賢狼的智慧，有雙能看透事物的眼睛。世界如何廣大，她不會不知道。

「那、那個……」

「問咱為何還要那樣做？」

瑟莉姆被赫蘿搶先問而縮縮脖子，點了頭。

赫蘿一邊縫，一邊悠悠地說：

「這當然，是為了那頭大笨驢呀。」

這樣咬著東西般的咧嘴笑，是因為害羞吧。

「沒做完村裡人交代的事，不是回不了村嗎？」

她一字一字清楚地說，布塊也縫得整整齊齊，還不時瞇眼看看會不會太顯眼。正常穿起來，應該不會穿幫吧。

「不過，那傢伙把以前跟咱做的約定看得很重很重。應該說，當年大笨驢說有錢可賺，就傻傻跑到危險的地方去，所以答應咱以後不會再做出那種事了。儘管如此——」

赫蘿站起身，雙手伸向天花板，耳毛尾毛直打顫。

「咱啊，不想變成他的累贅。要是他看咱的臉色回村子裡來，結果被村裡的人說這說那，咱可受不了。這種時候，就輪到這個出場了。」

「喔……」

瑟莉姆應聲後，赫蘿折起大衣和腰帶，抱在懷裡。

「若咱說這城鎮前頭說不定有咱的同伴，那頭大笨驢就會替咱找個理由繼續旅行。」

瑟莉目瞪口呆，不是因為赫蘿說的內容。

而是前不久才聽過類似的話。

「所以了，這趟旅行說不定會因為那頭大笨驢拖得晚一點……汝就原諒他唄？咱以賢狼之名發誓，一定會還汝這個人情。」

連這句都很像，瑟莉姆覺得自己像看見了一幅奇怪的畫。

就像四海為家的街頭藝人一邊在路口吆喝，一邊向觀眾們展示的那種，永遠爬不完的樓梯圖畫一樣。

羅倫斯是因為赫蘿想找以前的同伴，刻意跟村人接了很多工作。而赫蘿則是因為見到羅倫斯跟村人接了很多工作，刻意替他找個可以持續旅行的理由。

而且兩邊都為旅程恐將延長而向瑟莉姆道歉。

然而彼此都認為對方才是拖延的原因，自己是替對方著想才不得已如此。

「唔，大笨驢來了。」

赫蘿豎起耳朵，將大衣和腰帶塞給瑟莉姆。

「汝拿去。」

「咦，啊！」

她說完就摸摸耳朵甩甩尾巴，用梳子整理，然後「嗯」地點個頭，離開廚房。

「啊，妳在這啊。到底想偷吃到什麼時候？」

「大笨驢，咱才沒偷吃。」

「喔？我問漢娜小姐就知道了。」

「隨便汝。知道錯怪咱以後，就有汝受的。」

牆壁另一邊傳來這樣的對話。

瑟莉姆抱著赫蘿交給她的衣服，不知為何有點想哭。

「真是的，怎麼要跟這種大笨驢一起旅行啊。想到就沒勁。」

「拜託，那是我該說的話好不好。」

雙方都用快笑場的調調互噴口水。

兩個人，都活在他們的故事裡。

瑟莉姆往漢娜看去，漢娜也注意到她的視線，隱約吊起唇角大大聳肩。

為能不能妥善經營旅館擔心到作惡夢這種事，開始讓瑟莉姆覺得好笑了。

因為——

「不好意思！」

瑟莉姆來到走廊出聲，依偎著走的兩人同時轉過頭來。

「那個……」

她吞一口氣之後說：

「請兩位早點回來喔。」

原本以她的立場實在說不出口的話，這次很順就出來了。

聽了這句話，赫蘿和羅倫斯不約而同地指向對方。

「「那要——」」

聲音交疊，赫蘿和羅倫斯擠眉弄眼地瞪起彼此。

「汝指咱是什麼意思？」

「我才想問妳指我是什麼意思呢。」

這兩個人，正活在他們的故事裡。

瑟莉姆總算覺得自己能照顧旅館到他們回來為止了。

因為她明白了這座旅館生意興隆的祕密。

「呵呵。」

瑟莉姆的笑聲讓赫蘿和羅倫斯愣住，指責對方讓她看笑話。

瑟莉姆一直笑，彷彿好幾年不曾笑過似的不停地笑。

兩人都會回到旅館，而旅館裡每一個人都會等他們回來吧。

這座旅館是為了維持兩人的幸福而造，而人們來到這座旅館，就是為了看他們。

紐希拉的溫泉旅館，狼與辛香料亭。

是據說會湧出歡笑和幸福，聲名遠播的旅館。

狼與秋色笑容

旅人路上偶遇時，會聊的話題都是那幾樣。

附近治安狀況、貨幣行情、哪裡有好吃的東西等。

其中有個話題最受長期旅行的人歡迎。

那就是什麼季節最適合旅行。

「咱太冷太熱都不喜歡。」

「那就是春天或秋天了吧？」

「春天是不錯，可是到處都匆匆忙忙的。冬雪溶光之前，很容易弄得渾身都是泥。」

一個嬌小的少女坐在貨馬車的駕座上，用梳子整理腿上的毛皮。兜帽罩著整顆頭，全身裝扮很樸素，算得上飾品的只有掛在脖子上的束口袋。但仔細看過以後，可以發現衣袖和纏腰布的下襬都沒有一點破損。

她穿的是樸素但品質很好的衣服，美麗的亞麻色長髮從兜帽底下流洩出來，看起來像個旅行中的修女，或者是要去遠方土地相親的好人家少女。

不過她不是修女也不是貴族千金，甚至根本不是人。

少女名叫赫蘿，另一個面目是宿於麥子中的巨狼。遠古時期曾統治約伊茲地區，在遙遠南方有人稱她為豐收之神。手上的毛皮不是膝毯，而是從她腰際長出來的尾巴。

「要旅行的話，就該像現在這樣秋天出門。風雖然冷，出太陽的時候就暖洋洋地很舒服，晚上還很適合溫點小酒來喝。而且再來就是冬天，會有那種有點荒涼，又有很平靜的感覺。那不是很適合咱這樣聰明的賢狼嗎？」

在駕座上梳尾巴的赫蘿心情好像很好，特別健談。或許是因為如此，尾毛也比平時更蓬鬆。

坐在赫蘿身邊的是前旅行商人羅倫斯。十多年前，他與赫蘿萍水相逢，歷經幾場冒險後相許終生。後來在溫泉鄉紐希拉經營溫泉旅館「狼與辛香料亭」，至今已有十年餘。

「真的，妳的毛色和秋天的森林很搭。」

赫蘿最自豪的就是她的尾巴。誇她的狼毛，沒有不開心的道理。

「不過妳喜歡秋天，主要是因為這時候東西好吃吧？」

羅倫斯苦笑著這麼說，是因為赫蘿仔細理毛之餘，也在嚼著滿嘴的烤栗子。

「沒什麼事情比享用美食更值得高興吶。」

赫蘿不為揶揄所動，滿面喜色地啃烤栗子，繼續梳毛。

羅倫斯無奈地悶哼一聲，重握馬車韁繩。

「是啊，現在也不是需要縮衣節食的行商之旅，路上有什麼好吃的就買來吃，開心最重要。」

赫蘿用小狼般的大眼睛注視羅倫斯，開心地笑了。

除了下山辦事外，羅倫斯和赫蘿兩個已經十年餘沒這樣搭馬車出遠門了。

在溫泉鄉紐希拉定居前，羅倫斯還不太能想像長期留在一個村子裡過活是什麼感覺。對旅行商人而言，在一個大範圍內巡迴奔波是理所當然，怕自己定不下來，動不動就想去旅行。

然而經營旅館十分忙碌，且十二分地有趣。或許說女兒出生，忙到對旅行的懷念連個苗頭都鑽不出來比較準確。一晃眼，十幾年就過去了。

因此這一次，並不是因為羅倫斯心血來潮。是赫蘿表示想出紐希拉走走，旅行個一陣子。

不過赫蘿基本上是個家裡蹲，只要能整天打滾，喝酒泡溫泉就沒什麼怨言，提議旅行當然有她的理由。

「那麼，首先要往哪個城鎮走呢，那兩個人現在又在哪裡呢……最後一封信是從溫菲爾王國南邊的城鎮寄來的吧。」

羅倫斯攤在腿上的地圖上有一封信，信中有兩個署名。一個是羅倫斯和赫蘿生下的女兒繆里，今年十二、三歲，一般而言，開始有人來說親也不足為奇。

另一個署名是從字跡就能看出做事一板一眼，以投身聖職為志而下山遊歷的青年寇爾。

他是羅倫斯和赫蘿行商時所認識，從旅館開張就幫忙到前陣子為止，要說繆里出生以後幾乎都是他在照顧也行。
兩人還在旅館時，經常能見到繆里親密地叫他大哥哥。
即使沒有血緣關係，也有美麗的兄妹之情。
直到上一個冬天，羅倫斯才知道只有自己還抱著這種傻想法。寇爾為實現成為聖職人員的夢想而下山時，繆里也偷偷跟了過去。
這對羅倫斯來說是青天霹靂，而他的妻子，繆里的母親赫蘿卻早就知道了。
既然赫蘿願意放繆里走，羅倫斯也無能為力。
況且，女兒本來就是總有一天要嫁出去。
若對方是寇爾，還應該慶幸呢。
羅倫斯總是如此告訴自己，但還是無法放下心來。
「早春那封，是從比紐希拉更冷的海島上寄來的唄。」
也不曉得赫蘿懂不懂羅倫斯的心情，她仔細地撥整尾毛回想著說。
「啊，那裡是我也沒去過的北方群島地帶嘛。後來他們南下到溫菲爾王國，過了春夏兩季，現在好像在王國南部……可是信寄來的間隔愈來愈長了呢……雖然信上沒寫，他們應該吃了不少苦吧……」
羅倫斯很清楚旅行的危險和艱苦，無法輕言說出沒消息就是好消息這種話。

路上會有強盜，城裡四處有流氓。就算沒遇到壞人，也有染病和受傷的危險。若倒楣遭暴雨暴雪所困，餓死冷死都有可能。

一想到可愛的獨生女，羅倫斯就心痛欲裂，赫蘿卻滿不在乎地這麼說：

「擔心什麼，是因為好玩到忘了給咱們寫信唄。」

羅倫斯往赫蘿一看，她理毛已經告一段落，啪喀一聲掰開栗子殼，大口嚼裡頭的果實。

「他們的信上，每次都有快樂的味道。」

「……快樂……也、也對。旅行是快樂的事，很容易被美味的大餐和美麗的景色迷住。」

赫蘿往旁瞄了一眼像在自我安慰的羅倫斯。

「要是汝相信是這樣，咱就什麼也不多說了。」

「……」

羅倫斯用小狗受欺負的眼神往赫蘿看。

赫蘿絲毫不認為自己在欺負羅倫斯，反而還對羅倫斯的婆媽感到不敢領教。

而羅倫斯也很明白這一點。

女兒出生時，他就有過女兒總有一天會離開他的心理準備了。

「……如果他們幸福……那當然，就夠好了……」

羅倫斯擠出的這些話，卻逗得赫蘿咯咯笑地往他身上倚。

「雖然汝這頭大笨驢老是在為蠢事頭痛，讓咱很受不了……」

赫蘿自豪的尾巴沙沙一搖。

「可是咱一定會陪在汝的身邊，無論如何都會。」

並柔情地微笑，直視羅倫斯的眼眸。

平時的赫蘿經常賴床或一早就喝酒，死抱著被子說不想工作的事也是家常便飯。若聽客人說到遠地的佳餚，還會纏著人討。

因此，羅倫斯很容易忘記赫蘿是高齡數百歲的賢狼。

不過赫蘿終究是赫蘿，總是如孕育麥穀的大地般扶持著他。

這趟旅行也是赫蘿為羅倫斯著想而提的。

想讓擔憂女兒繆里的羅倫斯安心，或者讓他放棄無謂的念頭，得讓他見一次女兒才行。

赫蘿這麼為他著想，讓羅倫斯感動得無法言喻，比去見繆里他們還要開心。

只要赫蘿陪著他，他其實就別無所求了。

過去的他也是如此深信不疑，才會讓他一個人類膽敢牽起赫蘿這匹狼的手。

赫蘿微笑著的真摯眼神，讓羅倫斯自然而然展開笑顏。

「嗯，也對。我還有妳在。」

聽他這麼說，赫蘿也擠眉一笑。那是活過悠久歲月的賢狼的開朗笑臉。

羅倫斯手繞到赫蘿肩上，往身上攬。稍一用力，赫蘿的尾巴就開心地搖來搖去。

光是像這樣有更多時間和赫蘿獨處，這趟旅行就值得了。

「汝啊。」

「嗯？」

赫蘿在羅倫斯懷中稍微扭身，抬頭說：

「咱覺得先去斯威奈爾比較好。」

「斯威奈爾？」

那是離紐希拉最近的大城鎮。

「嗯。那裡的豬羊雞都在夏天長肥了唄？而且米里那頭大笨驢也在，去他那裡隨時都有甜的能吃。」

米里和赫蘿一樣是活過長久歲月的野獸化身，現在是斯威奈爾的頭臉。

他的言行看似與赫蘿犯沖，但其實交情好像不錯。

上次拜訪米里時，他拿出了用紫色花瓣沾滿砂糖製成的甜點。

「……往斯威奈爾去，離海就更遠了耶。」

看著地圖說話的羅倫斯，忽然感到有視線射在臉頰上。

「沒這麼趕唄？」

「話是這樣說沒錯啦……」

羅倫斯用掃興眼神看著雀躍不已的赫蘿說。

「妳該不會是想拐我去斯威奈爾才裝得那麼誠懇吧……」

「唔，什麼！」

赫蘿狼耳一豎，瞪著眼說不出話來。

「咱……咱是為了汝……」

接著耳朵、肩膀、尾巴都垂了下來，整個人縮成小小一個。

原本就很嬌弱的她，這樣看起來更惹人憐惜，但羅倫斯和赫蘿一起生活的這十幾年可不是白過的。

「蜜漬桃。」

「！」

狼耳不受主人控制地跳了起來。

羅倫斯冷眼看著赫蘿，赫蘿也不裝了，直接瞪回去。

「汝對咱的愛只有這麼一丁點嗎！」

赫蘿的心意是不需質疑，但歪腦筋就是歪腦筋。

「旅行才剛開始耶。現在就花大錢，以後怎麼撐得下去。」

「大笨驢！汝忘了還有一車的東西要賣嗎，到大城鎮去比較好賣吧？」

赫蘿指的是堆積在貨台上的大量麻袋。裝的全是從紐希拉的溫泉採集來的硫磺粉。其他旅館老闆一聽說他們要下山旅行，就紛紛跑來託他們賣了。

羅倫斯在村裡開旅館已經有超過十年的時間，但資歷畢竟最淺，說話大聲不起來，拒絕不了前輩的請託。

東西是非得沿路叫賣不可了，但這個量的確不容易脫手。

「紐希拉旅館的補給品都是跟斯威奈爾買的，會跟溫泉一起流出來的硫磺早就滿街都是，怎麼賣得出去呢。」

「唔唔……」

「我們就一路往西順河而下，到名叫阿蒂夫的港都去吧。這時節會有很多種魚貨到港，全都很肥美喔。」

「吃魚哪吃得飽……嗚嗚……咱要填餡烤雞……烤全豬……牛肩肉……」

赫蘿像個從來沒吃飽的可憐女傭，說得有氣無力。

剛才明明吃了那麼多烤栗子……羅倫斯聽得是不敢恭維。

喔不，多半是吃了甜甜的栗子，現在特別想吃鹹鹹的肉吧。

「話別說太早，我都已經能看到妳在阿蒂夫不停叫魚吃的樣子了。」

紐希拉位居深山，扣除溪魚，餐桌上的魚全是醃魚。大半是鯡魚，偶爾會出現鱈魚或鰈魚，但也不是會讓人想天天吃的東西。

可是只有在沿海城鎮吃得到的鮮魚，不管煮也好烤也好都美味極了。

「而且那裡是貿易要衝，買得到新鮮的葡萄酒吧。」

赫蘿的耳朵抽了一下。

「別說是葡萄乾，好運的話還有鮮葡萄吧。」

葡萄要在氣候暖和的地域才採得到，這一帶基本上吃不到鮮葡萄。

轉頭佯裝不聽羅倫斯說話的赫蘿，不禁聽得猛吞口水。

「怎麼樣？」

赫蘿仍是緊閉著嘴不說話。

只聽得見叩叩的馬蹄聲和馬車喀噠喀噠的聲響。

幾隻小鳥歌唱著飛過貫穿森林的道路上空。

真是個好季節。羅倫斯瞇著眼仰望天空時，肩膀捱了記頭槌。

「……大笨驢！」

赫蘿嘟著嘴啐一聲。看來是撐不下去了。

如此與年紀不符的孩子氣反應，讓羅倫斯不禁苦笑。

在旅館時，當然也時常要和赫蘿的食慾過招。不過那大部分是掌管廚房的女傭漢娜在負責，羅倫斯已經很久沒有這樣跟她正面交手，覺得既懷念又愉快。

作旅行商人時總是這樣。

笑起來，是因為這種鬥嘴可愛得令人無法自拔。

「開始有旅行的感覺了。」

羅倫斯與先前不同的口吻，立刻讓赫蘿不只耳朵，尾巴也翹起來了。

最後她不情不願地抬眼看羅倫斯。

「那就——」

「少來，求情也求不開我的錢包啦。」

聽他這麼說，赫蘿擺起臭臉。

「哼。一開始就吃光汝的錢也太可憐，放汝一馬。」

「臉皮也太厚了吧。」

「怎樣？」

「怎樣？」

在這樣的對話中，貨馬車緩緩前進。

兩人最後看著彼此，哈哈大笑。

深山裡的溫泉鄉紐希拉有河流經過，當有急事或積雪深的季節，大多會搭船往來。需要載送馱馬和貨馬車時，就得找夠大的船，船員也不能只有船夫一個。

鑑於預算有限，羅倫斯和赫蘿直接搭馬車下山。晃到了天空開始染紅，也只走了一半。在樹木之間拉起的帳棚下，用石頭堆的小爐前，赫蘿抱著腿嘟圓了嘴。

「……第一天就野宿啊……」

原以為加點油，就能在河岸邊的稅關附近的旅舍過夜，然而久沒駕車，貨又載得多，跑山路快不起來。

「軟軟的床……厚厚的毛毯……熱熱的浴池……滿滿的肉跟葡萄酒……」

羅倫斯無視那些彷彿以為閉眼祈禱就會蹦出東西來的碎碎念，將小麥摻黑麥的黝黑麵包拿給赫蘿。

「喏，這是故意摻黑麥烤出來的，有沒有很懷念？」

以前行商時，根本吃不到雪白的小麥麵包。都是用沒氣的啤酒把硬梆梆黑漆漆的黑麥麵包泡軟了吃。

過慣旅館怠惰生活的赫蘿，看著興奮的羅倫斯，一副不敢置信的模樣。

「直接吃小麥麵包就好了唄……」

「純粹用小麥很快就會壞掉。若是冬天還可以，但現在天氣還很暖，下山就更熱了。」

羅倫斯一邊說，一邊將小鐵鍋架到石爐上，將醃肉切成薄片放進去。

見到肉出現，赫蘿才總算嘆氣啃麵包。

「肉再切厚一點。」

「要節省，節省。」

羅倫斯很快就收起醃肉塊，赫蘿瞪得都要掉眼淚了。

「要是盤纏有剩，我們回程就都吃大餐。」

那商人的笑容，讓高齡數百歲自稱賢狼的她如小女孩般噘起了嘴，垂下眉梢。

「大笨驢……不說了，趕快煎一煎唄。這種黑麵包又酸又苦，沒肉吃不下去。」

「好，妳等一下……嘿！嗯！……嗯嗯？」

羅倫斯彎著腰猛敲打火石，可是草穗做的火種就是點不起來。

「應該都曬得很乾啦……嘿！……喝！……」

石頭敲得鏗鏗響，卻敲不出多少火星。他在旅館從沒自己生過火，功夫鈍很多了。

再奮鬥了一陣子，也只是弄得手痛背也痠。「嗯～」扭動筋骨以後，才發現赫蘿白著眼看他。

「……再、再一下下就好。」

「希望如此。」

赫蘿唏噓地說完，羅倫斯鼓起幹勁繼續敲打火石。

結果赫蘿都故意打了三個呵欠，火還是沒點著。

「……應該在出發前練習一下的……」

「前途堪慮喔。」

羅倫斯哀怨地往赫蘿看，被她冷冷地別開眼睛。

「唔唔……」

蹲著敲打火石，一下子就這裡痛那裡痛。關節明顯比以前硬了很多。

上了年紀就是這麼回事嗎……當羅倫斯如此感嘆時，聽見一聲「真是的」而回神。

「如果生氣能輕鬆點火，咱早就嘲笑汝了。」

赫蘿連罵人的興致都起不來了。見狀，羅倫斯不以為然地說：

「不必了，我去約路過的牧羊女吃飯還比較快。」

「喔，那是什麼意思？」

「賢狼大人應該馬上就聽出來了吧。」

羅倫斯和赫蘿互瞪了一會兒，然後同時嘆氣。

「雖然現在不是冬天，沒生火還算好……可是晚餐吃硬梆梆的黑麵包和生醃肉，實在是太可怕了。今天就讓咱跑回旅館拿點餘火過來唄。」

赫蘿的真面目是比人還高的巨狼，要一晚越過三個山頭也是輕而易舉。

「不用……先當作是最後手段吧……謝謝妳的建議。」

「嗯？那好唄。汝還有男人的面子要顧嘛。」

儘管揶揄很刺耳，但羅倫斯實在沒想到自己會連火都點不起來。

「看這樣子，繆里在村子外面還能過得比汝好呢……」

就在羅倫斯從抬不起頭變成垂頭喪氣時，基本上還是很善良的赫蘿無奈地笑。

「那傢伙可以用人類的樣子把深山當自己家來打獵，連咱都辦不到。」

儘管赫蘿化為人形時能在需要的時候運用狼的能力，但基本上還是如同外觀，是個少女。而繆里即使體型與赫蘿相同，卻能像野獸一樣在山上靈活地到處跑。最厲害的，是她的技術和知識。她知道怎麼設陷阱捕獸，也懂得鞣皮曬肉。手那麼細，照樣能用她用不完的體力鑽木取火，等烤肉的時候還會拿野獸的肌腱做弓弦。

丟她一個人到山上，也能活蹦亂跳地過活吧。

「唔，對了。說到那頭大笨驢，她以前不是玩過那個嗎。」

「嗯？」

赫蘿忽然想到些什麼而站起來，離開棚子往貨馬車走。

還以為她要做什麼，結果從貨台上的麻袋堆裡拿了一袋下來。

「這叫什麼來著……總之就是她聽說這種黃色的粉可以用來起火，她就拿去壁爐試，結果搞得雞飛狗跳那次。」

「對喔。」

羅倫斯立刻想起來並苦笑。

一想到那當時，連嘴裡的苦味都回來了。

「她是從魯華那裡聽說了在戰場上快速生火的方法嘛。」

「汝就試試看唄，這裡應該不會那麼臭……咱看咱還是先躲遠一點好了。」

赫蘿說完就把袋子擱在羅倫斯面前。袋裡滿滿都是從溫泉採集來的硫磺粉。

「要拿來燒的話，好像是整塊的硫磺比較好……總之先試試看吧。」

羅倫斯覺得問題是出在打火石技巧生疏了，但也不想在沒有火堆的地方野宿，能試的都該試。於是他將硫磺粉灑在草穗火種上，也抹在枯草、枯樹枝和柴薪上。

然後再蹲下來敲打火石……羊毛般的草穗終於出現紅色火星。

「喔喔！」

在以前明明沒什麼了不起，現在羅倫斯卻忍不住歡呼。大概跟硫磺沒什麼關係，只是休息了一下，力氣回來了吧。

無論如何，都不能白費這小小的火星。羅倫斯兩手圍上去吹氣，火在起煙時延燒到枯草上，愈燒愈旺。

什麼嘛，很簡單不是嗎。

羅倫斯喜出望外地抬起頭想跟赫蘿這麼說，結果找不到人。四處張望，才發現她在離得很遠的樹蔭下，只探出頭看著他。

「沒這麼誇張吧……」

就在羅倫斯發噱時。

噗滋噗滋，好像有東西烤焦的聲音。轉頭一看，火堆冒出了好濃的煙。

緊接著，一股刺鼻惡臭讓他摀臉就躲。

有鐵燒紅的金屬味，還有硫磺的臭味。不只是鼻子受到刺激，還燻得滿嘴苦味，眼淚直流。

「……！」

在記憶中就已經夠臭的了，實際面對起來更是記憶中的好幾倍臭。

當時繆里沒考慮後果就把這種粉丟進壁爐，弄得旅館一整個星期都瀰漫著連羅倫斯也覺得難受的焦臭味，赫蘿更是鼻子癢了一個月。

羅倫斯耐不住不停往上竄的濃煙，逃到赫蘿那裡去。

「大笨驢！不要過來！」

赫蘿板著臉大聲趕人，彷彿相誓生死與共的日子從不存在。羅倫斯有點受傷，但在發現赫蘿手上拿著麵包時不禁停下腳步。

畢竟羅倫斯也不想在那種殺人火堆邊吃晚餐。

於是他憋氣回到火堆拿麵包、小啤酒桶，跑到赫蘿那。

赫蘿厭惡得鼻頭都皺了，可是啤酒桶一遞出來，她還是不甘不願地准許羅倫斯留下。

還用非常嫌棄的表情聞羅倫斯身上的味道，臉揪成一團。

「汝今晚滾一邊睡。」

提議用硫磺粉的人是誰啊。羅倫斯用這樣的眼神瞪回去，而赫蘿只是抱住自豪的尾巴，不讓他靠近。那可是用玫瑰精油細心保養得蓬鬆滑順的尾巴，怎麼能沾上噁心的味道呢。

即使距離嚴冬仍久得很，山裡的夜晚還是很冷。被窩裡有沒有赫蘿毛茸茸的尾巴，和她如孩子般略高的體溫是天差地別。

然而在這種事情上賴皮，說不定真的會惹赫蘿生氣。

羅倫斯只好嘆口氣，看著煙冒個不停的火堆，再嘆一口氣。

旅行第一天就這樣，往後真是不敢想像。

隔天，羅倫斯打個噴嚏醒來，見到赫蘿已經坐在駕座上等人了。

她很專心地在寫東西，應該是昨晚不敢接近火堆而不能寫的日記吧。

一想像她會如何咒罵抱怨，羅倫斯心裡就涼了一截。

羅倫斯昨晚是睡在火堆邊。不知是硫磺粉已經燃盡，還是鼻子已經習慣，不怎麼臭。紅紅的炭，還在白白的灰裡燒。

「不臭了嗎？」

這問題讓赫蘿重嘆一聲。今早不怎麼冷，空氣潮濕，呼出的白煙在朝陽下飄盪。

「好多了啦。真是的，拿來當驅狼用品賣，一定會很成功。」

「……我考慮看看。」

似乎只是開玩笑的赫蘿，聽羅倫斯答得這麼認真都傻眼了。

「總之先吃早餐吧……昨天沒吃到熱的呢。」

「汝不是有吃鍋裡的肉嗎。」

羅倫斯往灰裡添新柴之餘聳聳肩說：

「跟妳說沒有沾到多少臭味，妳也不會信吧。」

赫蘿「唔唔唔」地低吼，跳下駕座。

「貨台裡的硫磺是沒那麼臭啦，不過汝還是早點把它們處理掉唄。」

昨晚，她是夾在硫磺袋之間睡。

「以前旅行的時候，只要貨台裡堆了某些東西，妳也會這樣發脾氣嘛。例如魚啊，金屬器具這些。」

羅倫斯在火勢開始增大的火堆架上鐵鍋，下點醃肉和從紐希拉帶來的蛋。蛋只要不破就能保存好幾天，是能夠改變菜色幅度的寶貝。如果車上有麵粉這類粉狀物，就會放進去保存，這次就放在硫磺粉裡。只要別放太久，硫磺味就沒那麼容易滲進去。

「汝載多一點好吃的東西，咱就不會發脾氣了。有果乾或糖漬那些該有多好。」

赫蘿搖著尾巴陶醉地說。

「大笨驢，甜食很貴的。」

羅倫斯學赫蘿罵人，在麵包上劃一刀，用鍋鏟撈起煎得正好的蛋和醃肉，跟乳酪一起夾進去。

「拿去。」

「嗯。」

原以為赫蘿接下麵包就會大咬一口，她卻拿著麵包端詳起來。

「怎麼啦？」

「嗯……」

赫蘿保持低頭看麵包的姿勢，只有視線往羅倫斯轉。

「咱昨天沒吃到肉，應該要補上才對。」

即使一早就展現對肉的驚人執著，也不能太寵她。羅倫斯一本正經地說：

「不行，要遵守旅行計畫，否則只會自討苦吃。以前我們行商的時候，妳就嘗過那種後果了吧。」

赫蘿看起來愛耍任性，但行不通時還是懂得進退。平時羅倫斯會任由赫蘿耍任性，都是因為想寵寵她的時候被她看出來了而已。

因此，當羅倫斯毅然拒絕，赫蘿即使不服氣也得黯然接受。

「汝從以前就是個死腦筋。」

「請說那是慎重。」

赫蘿往羅倫斯瞄一眼，聳了聳肩。

那是「都提到以前的旅行了，還敢說自己慎重」的意思吧。和赫蘿旅行時，羅倫斯總是打腫臉充胖子，碰觸危險的生意。

更糟的是昨晚生個火花了那麼久時間，真是一點說服力也沒有。

「……昨天是很久沒旅行才會那樣嘛。以後就順了。」

羅倫斯找藉口似的忍不住說道。

嘴角沾著蛋黃的赫蘿抖抖耳朵應付他。

後來兩人來到河邊的稅關。在這條河上的稅關中，這裡是數一數二的大，也是發自南方內陸的大道終點，頗為熱鬧。

來自內陸的穀物、畜肉加工食品和金屬器具，上游的皮草和木材，下游的海魚和遠方國度的舶來品都匯聚於此。

原想在稅關邊的旅舍借住一宿，然而他們上午就抵達，最後吃點東西休息片刻就上路了。用餐時提到沿著河流往海岸走的事，老闆便大力推薦他們直接搭船。其實河邊的旅舍和河上船夫大多有合夥關係，客人經介紹搭船就能再賺一筆。不諳旅行的修士很容易就會上鉤，不過羅倫斯以前是旅行商人。考慮損益後，終究選了陸路。

不喜歡野宿的赫蘿傾向搭船，但聽到船費會從餐費裡扣回來，就勉為其難接受了陸路。

到了離開紐希拉的第四天——

「……現在到底是怎樣？」

駕座上，赫蘿彎腰拄頰。

羅倫斯則是一手拿著地圖東張西望，茫然無措。

「……迷路了。」

擠出這句等同宣判自己死刑的話之後，他膽戰心驚地往赫蘿瞄。

赫蘿不是溫柔微笑，也不是橫眉怒目。

「咱早就知道會是這樣了啦。」

「推薦我們搭船純粹是出自善意嗎……」

羅倫斯知道問題出在哪裡。

他原以為道路會沿著河邊一路開到海岸，不會有任何問題，結果地圖上的路竟然遭到嚴重山崩堵塞。

雖然當地人闢了一條新路出來，但那似乎與樵夫和獵人用的路交錯，羅倫斯在不知不覺間就走錯了。

路壓得很實，貨馬車走起來十分順暢，路上還有燒炭場，讓羅倫斯以為自己走的的確是運輸幹道沒錯。等他想到新闢的路怎麼會有老舊燒炭場時，他們已經跨過完全不存在於地圖上的懸崖和山嶺，深深迷失在森林裡。

「這邊已經不是咱的地盤了，幸好沒有麻煩的東西。」

赫蘿仰望天空吸吸鼻子。

其實看不到什麼天空，這裡的林相和紐希拉截然不同，到處是非常高大的樹木，幾乎遮蔽了天空。

缺乏光線的地面矮木稀少，反而方便馬車行進。

森林如此蓊鬱，卻能看得非常深遠，不時還覺得有東西在偷看，令人發毛。

大部分是狐狸或鹿，身邊還有赫蘿這森林的王中之王在，沒什麼好怕的。

不過羅倫斯畢竟是人，會下意識地對森林的深淵感到恐懼。

「話說這裡本來就沒什麼人會經過唄。這條路也不太像是路，而是大雨的時候水流沖出來的，因為落葉太多才沒能看出來唄。」

沒錯，山上就是會有這種令人誤入險境的陷阱。

所幸貨台堆了很多難聞的硫磺袋，赫蘿又有狼的鼻子。

直接折返就沒事了才對。

「……回去吧。再繼續往森林裡走，就不能從太陽位置看方向了。」

羅倫斯拉動韁繩掉頭，並突然發現一件事。

赫蘿的表情好平淡。

這讓羅倫斯為自己的愚蠢感到很難為情。

「想罵我就罵吧。」

這樣還比較輕鬆。

結果赫蘿一陣錯愕，盯著他問：

「罵……罵什麼？」

羅倫斯縮脖子準備挨罵，但赫蘿左右看看哼一聲說：

「汝這樣自打嘴巴又不是第一次。」

不帶刺也沒有惡意的口吻，反而更傷人。更糟的是這完全是羅倫斯的責任，連生氣的權利都沒有。

「而且，來這樣的地方走走也不壞。」

「……？」

赫蘿的語氣平靜得像毛毛雨中的森林。

「真是個好森林。」

明明是為了省船資而迷路，赫蘿卻淺淺地笑著。

比起挨罵，這感覺十分詭異。或許是害怕赫蘿會消失在森林裡吧，羅倫斯心裡忽然一亂。

他趕緊甩甩頭，重新環顧森林。

「很好嗎……？感覺很普通呀……」

矮樹灌木如此缺乏，經濟價值感覺不怎麼高。頭頂上蓋了那麼多葉子，風很難吹進來，恐怕連野菇都沒得採。若砍伐這些唯一有價值的巨木，轉眼就會光禿禿地什麼都不剩。

「在汝看來或許是很普通唄……這裡很香。」

赫蘿閉上眼大口吸氣，羅倫斯也跟著聞聞看。腐植土的氣味確實宜人，但這種味道隨處都是。

「人的鼻子聞不出來唄，是蜜的味道。整座森林都香香甜甜的。大概……有一棵大樹流了很多蜜。」

「好像沒有在開花……是樹液嗎？如果有樹液能採，說不定能賺點小錢呢。」

樹液攪成了膠，有填補縫隙或增添蒸餾酒香氣等用途。

不過羅倫斯商人式的發言惹來赫蘿的苦笑。

「汝總是先想到錢。」

「錢很重要啊，誰教我們家有隻貪吃鬼。」

「主人還是個路痴吶。」

在這種狀況下，羅倫斯絕對說不贏赫蘿。

於是放棄反擊，策馬繼續走。

「請妳帶路啦。還是說，再走下去會有通往海邊的路嗎？」

略顯遺憾地注視森林深處的赫蘿輕嘆一聲。

「咱變回狼的話，是很快就能找到方向。可是咱們有馬車，知道方向也不能直直走，走人類開的路比較快唄。」

森林裡隨時都可能遇到斷崖沼澤。有赫蘿在還會迷路，就是因為不能走直線。就在羅倫斯想再次為自己的愚蠢向赫蘿道歉時——

「嗯？」

赫蘿突然挺直腰桿，往遠處看。

「怎麼啦？」

獸耳左右轉動。她的聽覺靈敏到跳蚤咳嗽都聽得見。不管是誰用再輕的腳步走過來，她都能立刻發現。

「什麼東西？熊還是野狗？該不會……是強盜吧？」

羅倫斯隨即跳下駕座，拿起收在座位下的短劍。行走江湖，免不了有動武的時候。

要來就來吧。但在羅倫斯備戰時，赫蘿說道：

「是蜜蜂。這時候也看得到，真難得。」

「蜜蜂？」

不久，羅倫斯也聽到細微的振翅聲。

在他不見蜂影而四處張望時，赫蘿突然抓住他的手臂。

「喂喂喂！很痛耶，怎麼——」

羅倫斯沒說下去，是因為見到赫蘿瞪大眼睛，耳毛尾毛豎得像刷子一樣。

「唔、啊、唔……」

喉嚨深處還發出不成聲的聲響，使羅倫斯以為來了一大群。結果從大樹下幽幽現身的，就只是一隻極其普通的蜜蜂。

覺得這蜜蜂好像哪裡不對勁時，赫蘿突然尖叫。

「呀啊啊！」

聽都沒聽過的尖叫，讓羅倫斯連發愣的時間都沒有。赫蘿像隻躲回巢的兔子往羅倫斯懷裡鑽。耳朵下垂，尾巴脹得好比眼前有朵雷雲。

究竟是怎麼了？疑惑當中，那隻蜜蜂輕飄飄地接近他們。

不像是發怒的樣子，甚至有懷疑「這裡怎麼會有人類？」的感覺。

但蜜蜂愈接近，赫蘿就抖得愈厲害。羅倫斯從不知道她這麼怕蜜蜂，很是好奇。她非常愛吃蜂蜜，也誇過炒蜂子像百合鱗莖一樣鬆軟香甜，吃得津津有味。難道這隻蜜蜂有何特別之處嗎。

外觀是有點奇怪，除了司空見慣的黃黑條紋，不知為何身上還垂著一條看似白線的東西。

羅倫斯在蜜蜂經過他們頭頂時仔細地看。

他懷裡的赫蘿，抖得像遭遇龍襲的松鼠。

恍然看蜜蜂飛到一半，羅倫斯突然回神。

「啊，那應該是……」

同時不禁伸出手。

一把就逮到了蜜蜂。

正確來說，是蜜蜂垂下的絲線。

羅倫斯立刻從腰間抽出手帕，包住驚慌掙扎的蜜蜂。

在激動的振翅聲中，羅倫斯忽然注意到赫蘿青著一張臉注視他。

「汝、汝這是在做什麼？」

就算錢包裡的錢灑了一地，赫蘿也不會有這種表情吧。她避之唯恐不及地側眼一瞄羅倫斯包成袋狀的手帕，馬上把頭埋起來。

「趕快丟掉啦！」

羅倫斯聳著肩問：

「妳是怎麼啦，不過是隻蜜蜂嘛。」

赫蘿全身忽然一縮。

她雖然有很多少女般的行為，但不像是會害怕蜜蜂的人。

「還是說這隻蜜蜂也跟你們一樣？」

例如活了數百年，懂人話的森林妖精之類的。

這樣就很不好意思了。然而赫蘿更往羅倫斯懷裡鑽，搖了搖頭。尾巴仍是直發抖。

一臉狐疑的羅倫斯往不停發出暴怒振翅聲的手帕裡看時——

「咱、咱就是、不行……」

「嗯？」

「不管怎樣，就是不行……」

赫蘿以無力的哭腔回答。

「那、那是被蟲吃掉的蟲……沒錯唄？不行，咱不管怎樣就是不行……」

「呃……這樣啊。」

聽她這麼說，羅倫斯總算懂了。

人總有長處和短處。剽悍的士兵可能站得高一點就腿軟，博愛的虔誠修士可能害怕蜘蛛。

羅倫斯從未聽說赫蘿害怕蜜蜂這樣的蟲，但難免有些生理上無論如何都無法接受的事，遭寄生蟲侵蝕的蟲就是其一。在山林裡走多了，很容易見到怎麼看都覺得是世界陰暗面的詭異情境。

「嗯……可是這個……」

手帕一拿近赫蘿，她就退得快從駕座摔下去。

「咿！」

「喂喂喂，危險啦。」

「走、走開！走開！」

羅倫斯覺得赫蘿嚇得快死的樣子有點可愛，並說：

「吊在蜜蜂身上的不是寄生蟲，只是線而已。」

赫蘿猛搖頭，像在說不會上那種當。

不過在羅倫斯苦笑著嘆氣後，赫蘿終於稍微露臉。

「真、真的嗎？」

那幼兒般的模樣，使羅倫斯心裡某個角落受到前所未有的刺激。

「對，真的只是線。」

赫蘿聽得出來那是不是謊言，但羅倫斯也明白那會產生一個疑問。

「可、可是……這種森林裡，怎麼會有……」

「怎麼會有蜜蜂吊著絲線飛是吧。畢竟熊不會拿紡錘嘛。」

然而羅倫斯心裡已經有底。

「妳不是說這森林很少人來嗎。」

「……？對、對啊。」

赫蘿露臉回答，一聽到手帕裡嗡嗡嗡地響又嚇得縮成一團。

「那八成是盜採蜂蜜的人綁的吧。」

「……」

赫蘿睜圓了眼看看羅倫斯，再看看手帕。

「那、那是在作標記嗎？」

不愧是賢狼。

「在紐希拉都沒看過這種事吶……」

「紐希拉坡度高，怎麼也追不上蜜蜂吧。但是在視野這麼好的森林裡，就可以在蜜蜂身上綁條線當記號，跟牠回巢了。只是……在這種地方，應該是不想被人看見的盜採者才會這樣做。因為一般森林都是貴族的財產，採蜂巢是得花錢的。」

「唔、嗯……也、也就是說……」

赫蘿窺視羅倫斯似的說：

「這裡……有蜂巢嗎？」

「現在季節晚了，蜂蜜多不多就不知道了。」

採蜜季是春天到初夏。

不過裝滿蜂蜜的蜂巢，在寒冬裡也有採收的價值。

赫蘿擦擦淚濕的眼睛，吸吸鼻涕。

「蜂巢……」

「有精神了嗎？」

聽見羅倫斯的揶揄，赫蘿噘起嘴一瞪。

「要跟蜜蜂走嗎？」

赫蘿有對三角形的大獸耳和毛茸茸的尾巴。看起來像是丟出裝滿羊毛的皮球，就會拔腿追過去的樣子。

儘管非常討厭被當狗看，可是她的尾巴已經搖個不停。

「可是蜜蜂的地盤很大。時間上……沒問題嗎？」

這才是赫蘿的本性。平時愛耍任性，遇到真正想要的東西反而容易遲疑。對於羅倫斯就是這樣，想在自己愛得太深之前離開他。

而羅倫斯是個商人，想要的東西就會卯起來弄到手。

最具代表的，就是赫蘿的笑容。

「不照計畫走，就是旅行的精髓所在嘛。」

並補上這句。

「例如生火生半天，迷路到暈頭轉向那樣。」

赫蘿縮起脖子，被搔到癢處似的嗤嗤笑。

羅倫斯做個小丑般的動作，用指背擦拭赫蘿的臉頰。

「而且，旅行會揭露伴侶不為人知的一面。」

還以為自己對赫蘿了解到連尾巴根的毛是怎麼旋都瞭若指掌，想不到被寄生的蟲會讓她嚇到哭出來。

赫蘿知道弱點暴露，不滿地吊眼看著羅倫斯。

「……大笨驢。」

這讓羅倫斯很肯定自己還能再愛赫蘿一百年。

「那我們就來追那隻蜜蜂吧。馬車放這裡沒關係吧。」

「這裡不是人會來的地方，不會遭小偷唄。回來的時候……聞味道應該就行了。」

「喔，硫磺嘛。那我就拿一袋走，灑在路上好了。」

「嗯，好主意……灑硫磺啊，呵呵。」

羅倫斯往赫蘿看，見到她開心地嗤嗤笑。

「不是哪個童話故事有個小鬼怕在森林裡迷路，所以在路上灑麵包屑……」

「是有這個故事沒錯，不過妳自己就像是童話故事了吧。」

赫蘿眨眨眼睛，又笑了起來。

羅倫斯將手帕交給赫蘿保管，迅速準備採蜂巢的工具。有空麻袋，可以用來搭帳棚、探測泥濘深度或趕野狗的棒子，柴薪和打火石，還有可以用來掩蓋臉和身體的布。

最後是用來做記號的硫磺。

「好，我們走。」

赫蘿用力點個頭，打開手帕。

還以為會被盛怒的蜜蜂叮，可是蜜蜂疑惑地晃了晃就飛向森林深處了。

速度不快，可是看著線跑，有好幾次都差點絆倒。

赫蘿的體力如同她的少女外觀，走山路的腳步卻靈活得像匹狼。還回頭看看踉蹌的羅倫斯，游刃有餘地笑咪咪倒著走。

「加油加油，跑起來追上去。」

她轉回去，飛也似地走。

軟綿綿的尾巴在眼前搖來搖去，羅倫斯也在半路改跟著尾巴走了。

踏著落葉，跨過巨木的根，拚命跟隨腳步輕盈的赫蘿。

赫蘿不時回過頭，臉上帶著開心愉快，又像在取笑他的微笑。

羅倫斯在旅館也時常被赫蘿取笑身材走樣，不服氣地奮力追趕，那樣子卻逗得赫蘿更開心。

在距離稍微拉開時，蜜蜂似乎終於停下來，羅倫斯跟上不再前進的赫蘿。

「呼、哈……都搞不懂是在追蜜蜂還是妳了。」

羅倫斯喘著吸氣，搧搧衣服。在空氣不怎麼流動的森林裡跑，一下子就覺得好悶熱。

「因為汝就是那麼迷咱的尾巴嘛。好玩唄？」

赫蘿對羅倫斯一句誇讚的話也沒有，但羅倫斯就是會忍不住追逐那使壞的笑容。

「很好玩啊。」

聽他不以為然地回答，赫蘿嗤嗤笑起來，突然「唔」一聲抬起頭。

「繼續嘍。」

「好好好。」

蜜蜂飛離樹幹，輕飄飄地遠去。羅倫斯不時灑下硫磺粉，以免忘記行進路線。

他已經完全感覺不出馬車在哪個方向。人類聚落應該離這裡很遠，要是被赫蘿拋棄就必定要曝屍荒野。但話說回來，若真的被赫蘿拋棄，羅倫斯也覺得自己不會想活下去，不禁兀自苦笑。

「汝啊。」

「唔，汝是怎麼啦？」

羅倫斯因赫蘿突然停下來叫人而愣住。

赫蘿疑惑地看，羅倫斯裝作汗流進眼睛混過去。

「沒事……怎麼停下來了。」

「嗯……蜂巢很近了，有好大的嗡嗡聲。這個巢很大。」

那咧嘴笑的模樣，亮麗得完全不像是前不久還在懷裡瑟瑟發抖的人。

平靜且年復一年的旅館生活固然舒適。

可是旅行總是驚奇不斷，還會揭露人意外的一面。

若有赫蘿這樣感情豐富的人作伴，更是樂趣倍增。

「所以現在要怎麼做？」

表情變來變去的赫蘿很快就認真地問。

而羅倫斯也曉得她其實沒有表情那麼認真。

「很簡單啊，妳變成狼去採最快。毛那麼厚，頂多也只會稍微被叮一下吧。」

可是妳應該一點也不想變吧。羅倫斯用眼神責問她，只見赫蘿露出知道自己很可愛的女孩特有的嬌媚笑容。

「汝也不喜歡動不動就靠咱狼的力量吧。」

「……」

是這樣沒錯，不過那算是身為人的自負，在森林裡採蜂巢的話……羅倫斯很想這麼說，但多說也沒用。

第一天就因為而時程耽擱而野宿，連個火也生不好，還弄到迷路。

不在這裡挽回一點顏面，以後她討什麼都沒臉拒絕了。

「為公主出生入死，本來就是騎士的職責所在嘛。」

羅倫斯放下背包，蹲下來做準備。「這騎士真不可靠。」赫蘿咯咯笑著這麼說，趴在他背上摟住脖子。

很高興她這麼開心。

羅倫斯用布包住頭頸手腳，只露出一雙眼睛，然後生火。

這次火生得很快。

「要用煙燻走蜜蜂是唄。」

拿樹枝在棒頭纏成鳥巢狀，用腳挖起一點潮濕的落葉，跟火種一起擺上去燒。

落葉轉眼就燒出濃濃的白煙。

「這樣只是燻安心的而已。」

「還不夠嗎？」

「要燻到幾乎沒辦法呼吸那樣才夠有效……蜂巢下面有很多落葉，應該燻得起來……怎麼了？」

羅倫斯說明時，赫蘿看著其他方向。該不會是良心發現，在擔心就要被蜜蜂叮得滿頭包的丈夫吧……才這麼想，赫蘿伸指說：

「用那個怎麼樣？」

「那個？」

赫蘿指的是拿一撮去燒就會把地獄搬上人間的惡魔粉塵。

「呃，那不是……」

支吾的羅倫斯心裡閃過一個可能。

「就試試看吧。紐希拉裡面沒什麼蟲，說不定就是這個緣故呢。」

村裡瀰漫濃濃的硫磺味，還有很多仍然直立的枯木，難怪關於地獄的故事有很多對於燃燒硫磺的描寫。

「對了。」

「嗯？」

羅倫斯得意地對赫蘿說：

「順利的話，這些粉就有新銷路了吧？」

曾說說不定能有效驅狼的赫蘿不敢恭維地說：

「汝就算掉進教會說的地獄也能賺錢唄。」

那對商人是無上的讚美。

就結果而言，他們採到了很大的蜂巢。若蜂蜜夠滿，量會很可觀。

代價是每次咳嗽都會覺得肺裡有種苦味，臉被叮了三下，脖子兩下，手腳各約五下，以及一身自己都感覺得出來的硫磺焦臭。

那報酬呢？

不折不扣，就是赫蘿目光燦爛的笑容。

「嗯～！甜！」

蜂巢很大，燻不走內部的蜜蜂，需要用袋子裝起來找時間處理。但赫蘿已經以試吃為由挖開一個缺口，把湯匙伸進去了。

湯匙立刻沾上香濃欲滴的蜂蜜。仔細一看，發現它色澤比之前吃的都深，像麥芽糖一樣。

赫蘿搖著尾巴將湯匙送進嘴裡，樂得當場大叫。

「也讓我吃一口。」

坐在駕座上的赫蘿臉色立刻變得像遇到債主一樣。

不過冒險採蜂蜜的畢竟是羅倫斯……接著用這樣的表情勉為其難地閉上眼睛，把湯匙交給羅倫斯。

羅倫斯苦笑著用小拇指沾一點來吃。這個蜂蜜如同外觀，甜味非常濃郁。

而且不只是甜，還有種近似枯木，會在森林深處聞到的淡淡香氣。當然那起了很好的烘托效果，使滋味更有層次。

「這個蜂蜜不得了啊，是什麼蜜？」

「汝已經看到啦。」

赫蘿一邊說，一邊寶貝地小口小口舔舐湯匙上的蜜。

「都是從這座森林的大樹來的，也就是樹蜜。」

「樹蜜……樹液嗎。是喔。」

難怪追蜜蜂時，蜜蜂在樹上停了幾次。

羅倫斯這才知道蜜蜂不只會從花採蜜。

「盜採者也知道這個蜜的祕密嗎。」

第一個在蜜蜂身上綁線的會是誰呢。

「天曉得。蜜蜂每天都會飛很長的距離，也可能是飛到別的山頭才被人綁上的。」

無論如何，綁線的人沒有找到這個蜂巢，所以很可能是這樣。

「總之撿到了個不得了的東西呢。」

收拾完採蜂巢的工具後，羅倫斯望向貨台上的大麻袋。

「我起先還不怎麼指望呢。」

這樣就還清之前出的糗了吧，應該還有找才對。

還在死命舔木匙的赫蘿注意到羅倫斯的視線，哼了一聲。

「汝以為這點甜的就能討咱開心了嗎。」

羅倫斯被那雙泛紅的琥珀色眼眸盯著看也不為所動，爬上駕座坐到赫蘿身邊。赫蘿很故意地捏起鼻子，稍微閃躲。

「當然能啊。拿到鎮上去，可以弄出一整個水桶的蜜呢。」

「喔喔喔喔。」

赫蘿期待得眼睛發亮，羅倫斯只能苦笑。

然後一抽韁繩，策馬前進。

「真是的，禍福真的像繩子一樣呢。」

以前有個偉人說過，福與禍如繩索般緊密相依。實在一點也沒錯。

「真想抓住只用福編成的繩子吶。」

羅倫斯對得了便宜還賣乖的赫蘿說：

「吃完甜的以後，就會想吃點鹹的吧？就是這麼回事。」

「或許真是這樣唄。」

赫蘿將自己的手添上羅倫斯抓韁繩的手，倚在他身上。

「會迷路，就是因為某個小氣鬼不肯出搭船的錢。那麼到了下一個城鎮，就要大方一點才平衡得回來吶。」

「啊？呃，這個——」

「哪個呀？」

赫蘿滿面的笑容堵上了羅倫斯的嘴。

見她還歪起頭，羅倫斯才吐出被堵住的氣。

「不能超過賣蜂蜜的錢喔。」

羅倫斯往赫蘿瞄一眼，見到她滿意地笑。

「呵呵。旅行很開心唄？」

赫蘿緊緊抱住羅倫斯的手臂。

就只有這種時候不會嫌臭，該算她厲害嗎。

不過她這些演戲般的舉止，並不全是演戲。

羅倫斯再愚昧，也看得出愛妻的笑容是真是假。

「嗯，很開心啊。真的很開心。」

他說：

「有妳陪我，哪有不開心的道理。」

赫蘿睜大眼睛，耳朵尾巴拍呀拍地。

這裡是遠離人煙的深邃森林。

若有股特別甜的香氣，一定是來自貨台上的蜂巢。羅倫斯在心裡找了個沒有對象的藉口。

狼與森林色彩

貨馬車沿著河邊的路慢慢地走。

樹林逐漸稀疏，道路坡度也降低了。有種離開人稱世界盡頭的溫泉鄉紐希拉幾天以後，終於見到下界的感覺。但他們有時還是會被逼至河畔的山坡吞噬，需要穿過深深的森林。

時值秋季，腳下是淹到足踝的落葉長河。踩踏落葉的沙沙聲頗為悅耳，腐植土的香氣也令人心曠神怡。要說哪裡有問題，就只有落葉往往會掩蓋正確的道路，匯聚成不是路的葉河。

在不熟悉的森林，很容易就會誤闖這種假路。其實他們已經上過一次當，迷失在森林深處，發覺時人已經在地圖上不會畫的位置。脫險以後回想起來，實在令人發毛。

在駕座上抓著韁繩的羅倫斯以前只是旅行商人，不是在山裡來去自如的樵夫。

若是單獨迷路，很快就會力竭身亡，成為林中動物的食物或野菇的苗床。

「大笨驢，不是那邊。」

可是羅倫斯身旁有個可靠的夥伴，會適時指引正確的道路。

這個夥伴有一頭與秋季森林很相襯的亞麻色長髮，並在腿上梳整同色的毛皮，但她不是外觀那樣的少女。她頭上長了對獸耳，手上的毛皮也是自己的尾巴。

坐在羅倫斯身旁的赫蘿，是高齡數百歲，能寄宿於麥子的狼之化身，也是羅倫斯鍾愛的人生伴侶。

「真不曉得以前一個人旅行的時候都是怎麼活下來的。」

羅倫斯拉韁繩掉頭回正確路線並這麼說，赫蘿唏噓地嘆氣。

「汝就是運氣特別好唄。」

赫蘿那經過細心保養的尾巴邊緣，在秋日陽光下散發金光。為維護光澤，她還會用上玫瑰香油，在貴族豪宅裡也絕不會遜於其他飾品。

「也對，我在旅途上遇到妳了嘛。」

羅倫斯出其不意地肉麻一句，讓赫蘿眼睛睜大，隨即冷笑一聲繼續整理尾巴，耳朵卻樂在心裡似的拍動。

除了有狡猾藏鋒，彷彿看盡人世冷暖的一面，但也會喜歡這種淺顯的讚美。

在她身邊這麼久不會膩，就是因為這個緣故吧。羅倫斯心想。

「話說回來，我們真應該搭船的。」

在彎彎曲曲的路上，不時能看到河上的景象。這條河經過溫泉鄉紐希拉，船隻往來頻繁。若肯花錢，可以跟貨馬車一起上船，悠悠哉哉望天打盹，短短兩天就能到海口了。

沒這麼做，單純是為了省錢。

且覺得太趕是種浪費。

羅倫斯很久沒和赫蘿單獨旅行了，想慢慢地品嘗以前的滋味。

「坐久了……腰好痛喔……」

他握著韁繩站起來，挺直腰桿。

除了長時間坐在馬車上，年紀也有影響。

「汝花太多力氣在駕馬上了，多信任馬一點唄。」

扭扭腰轉轉脖子後，羅倫斯坐回去問：

「真的有那麼用力嗎？」

「嗯。好像咱第一次坐在汝旁邊那樣。」

赫蘿賊笑著拋兩個媚眼。

十幾年前剛開始和赫蘿旅行時，羅倫斯完全不懂女人心，赫蘿一調侃就很緊張。

「我可能到現在都沒變吧。要用力拉緊荷包繩，免得妳亂花啊。」

羅倫斯嘻皮笑臉地說，結果被赫蘿踩一腳。

「大笨驢。」

赫蘿的頭槌讓羅倫斯笑得更開心了。

「汝這個人真的是……」

唸唸有詞地回去整理尾巴以後，赫蘿忽然豎起耳朵。

「怎麼了？」

羅倫斯轉向赫蘿時，她已經輕巧地跳下駕座。

眼睛順著踩踏落葉的沙沙聲跟過去，見到她繞到地上隆起的巨木殘株後方。以為她是內急，但馬上就回來了。

兩手捧著傘蓋大得能遮住臉的野菇。

「這座森林很通風，野菇採不完吶。」

路上都是這種感覺，所以馬車貨台堆滿了食物。赫蘿往貨台彎腰，搖著尾巴將野菇塞進麻袋的樣子，令人不莞爾也難。

今天天氣晴朗，氣候宜人。

甚至讓羅倫斯真心覺得旅行得如此快活的，全天下就只有他們而已。

「好開心喔。」

還不禁這麼說。

像冬眠前的松鼠般塞食物的赫蘿，耳朵尾巴忽然一豎，然後慢慢轉頭過去放鬆力氣，毛癱軟下來。

「嗯。」

她坐回駕座，一副笑嘻嘻的臉。

剛從紐希拉下山旅行那幾天，還因為生不好火和迷路而感到前途多舛，現在卻覺得未來會是開心的旅程。

羅倫斯吸進一大口閒適的時間時，赫蘿將尾巴收進膝毯底下。沒什麼比細心保養過的毛皮更保暖的了。

或許是「真希望這樣的時光能永遠持續」這麼一個很商人式的便宜願望惹禍了。

赫蘿慎重其事地說：

「話說汝啊。」

「嗯？」

「咱不想忘記這份快樂，要寫成字記下來。」

赫蘿笑嘻嘻地躺在羅倫斯肩上。

「可是墨水用光了……什麼時候要買給咱呀？」

她笑得特別純真的時候，腦袋裡大多是滿滿的歪腦筋。而且現在還收了她偷塞在膝毯底下的尾巴。

正如同不會有只需享樂的旅途，也不會有不用花錢的旅行。

赫蘿討墨水，是因為她整趟路心情都很好，閒得沒事做就提筆寫遊記的緣故。

她已經活了幾百年，羅倫斯可辦不到。為了替壽命不同的赫蘿保留記憶，羅倫斯建議她寫下生活點滴。如果記錄多到讀到最後會忘了一開始讀過些什麼，就永遠看不膩這段快樂的日子了。

雖不知這是不是個好主意，總之很討赫蘿喜歡，甚至非常熱衷。因此羅倫斯不惜重金替她買不便宜的紙筆和昂貴的墨水，反正錢也帶不到另一個世界去。

有此體悟的同時，羅倫斯總歸是商人起家。

出門沒幾天，赫蘿就有事沒事東寫西寫，一轉眼就把寫字用的重要耗材用光了，讓羅倫斯不得不擺出苦瓜臉。

「就先剝塊樹皮，用釘子寫吧。」

赫蘿的真面目是頭巨狼，揮揮爪子就有用不完的樹皮。

「大笨驢，樹皮放不久。」

「是沒錯啦……可是文具要到港都阿蒂夫才有得買喔。」

「這附近有沒有牛羊在閒晃吶。」

大概是想用巨爪宰掉，剝皮造紙吧。

「還有肉能吃，豈不是一石二鳥嗎。可是沒墨水……也是白搭。」

「我可不知道怎麼做羊皮紙喔。」

「真沒用。」

「亂花錢的是誰啊」這種話，先吞下去。赫蘿會寫得尾巴膨脹，就是因為那是件快樂的事。馬車貨台有幾包大麻袋，有的是赫蘿努力採來的秋山收穫，有的傳出激烈的嗡嗡聲。仔細一看，還能看見從縫隙裡鑽出來的在旁邊飛來飛去。

裡頭裝的是羅倫斯用好幾個腫包換來的巨大蜂巢。

「真是的……那就稍微繞點遠路，到別的城鎮去吧。」

「喔？」

羅倫斯攤開地圖提議，勾起赫蘿的興趣。

「記得叉路另一邊沒多久有間旅舍……啊，真的有。來紐希拉的客人會在那裡歇腳，說不定會有儲備的紙墨。」

溫泉鄉紐希拉的貴客除王公貴族外，還包含大教堂的大祭司或擁有廣大領土的大修道院院長一類。他們做的都是文書工作，旅舍為他們準備紙筆是很順當的事。

「就往那邊走唄。如果有熱呼呼的肉湯能喝就太棒了。」

原本以為赫蘿一路上那麼積極地採集食物，說不定是對用光紙墨的補償，可是現在看她舔著嘴唇想鍋裡要放什麼料的樣子，又覺得她單純是順從食慾。

無論如何，總不能澆熄她的期待。

「那就走吧。」

「嗯！」

羅倫斯唏噓地側眼看著赫蘿滿意點頭，將往西的馬頭拉向北方。

沒走多遠就找到旅舍了。

這裡以前似乎是樵夫休息的地方，還能看到過往的痕跡。幾條爬滿青苔的腐朽原木層層堆疊，最頂端架了面斧頭圖案的旅舍招牌。

而旅舍本身也不輸這些原木，苔啊藤的爬得到處都是。

「嗯，這旅舍不錯嘛。」

赫蘿嗅呀嗅地這麼說。周圍都是濃密的樹林，旅舍也頗為古老，乍看之下仿若森林妖精住的小屋。

然而支撐屋簷的梁柱卻新得像昨天才剛砍下來，柵欄圍起的院子種了許多蔬菜，山羊和豬在有日照處悠哉吃草。

一眼就能看出平日有精心維護。

但赫蘿誇的多半不是這種地方，而是因為漫出煙囪的烤麵包味吧。

「今天住這嗎？」

「有空房就住嘍。」

羅倫斯這麼說並不是因為睡倉庫可以省錢之類。

馬廄裡已經有三頭駿馬，還有幾個看似馬夫的人這麼早就在一旁喝酒。已經住了頗有身分的人吧。

「總之我先去問問有沒有有屋頂的地方可以睡。」

「需要咱裝病嗎？」

「這樣可能會把壁爐前面讓給我們睡，可是酒肉就不會有了。」

「唔唔。」

為認真煩惱的赫蘿苦笑之餘，羅倫斯將貨馬車找個適當位置拴好，推開旅舍大門。

「不好意思。」

裡頭像是在準備晚餐，麵包的芬芳撲鼻而來，且瀰漫著大蒜和油脂等催動食慾的味道。跟來的赫蘿肚子馬上咕嚕咕嚕響。

「喔，稀客稀客。請問是旅行商人嗎？」

一整桌人談笑風生之中，有個看似老闆的起身招呼。他有把斑白的鬍鬚，看起來就是個住在森林裡的人。

「不，我現在——」

羅倫斯正想自我介紹時，一個和老闆同桌的人先插了話。

「喔，這不是羅倫斯先生嗎！」

隨聲望去，竟然是光顧過旅館好幾次的那位修道院長。

「這不是院長大人嗎！是神的指引啊。」

「哎呀，真的是太巧了。喔，太太也在啊。」

赫蘿見院長注意到她，發揮在這時候特別拿手的演技，可愛地簡單致意。

「老闆，這位是紐希拉『狼與辛香料亭』的老闆。」

「不得了了，該不會是要在這附近蓋溫泉旅館吧。」

旅舍老闆逗得眾人哈哈大笑後和羅倫斯握握手，請他們入座。

席中有個不動如山，衣著高貴的人。

「啊，羅倫斯先生我跟你介紹，這位是治理鄰近領土的比貝利大人。比貝利大人，這位是紐希拉知名溫泉旅館的老闆羅倫斯先生。」

「喔？那間溫泉旅館嗎，我有聽過。據說是笑聲不絕於耳的旅館嘛。」

貴為領主，身邊卻沒帶侍衛，還和氣地向羅倫斯伸手。羅倫斯立刻回握，鄭重自我介紹並介紹赫蘿，在領主的促請下就座。這位名叫比貝利的領主似乎不是那麼計較身分的人。

「話說羅倫斯先生，現在山上不是正忙著準備過冬嗎？還是說，你是在下山補貨的路上？」

這是當然會問的問題，寇爾和繆里的事也不是祕密。據實說明他們是順休假之便去找寇爾和繆里後，院長重重地點了頭。

「原來如此。哎呀，我們對寇爾先生的事蹟也時有耳聞呢。在我們聽來像戰爭英雄一樣，可是對你們來說，的確是會愈聽愈擔心吧。」

寇爾為了端正充滿弊端的教會而離開紐希拉，他們的獨生女繆里也偷跟過去，兩個人似乎做了不少大事。

「院長大人是準備到紐希拉去嗎？」

「對。寇爾先生帶來的影響，讓我們上半年忙得是頭昏眼花，現在終於告一段落，所以想早一點上來放鬆筋骨。」

現在全世界的教會和修道院負責人，都因為寇爾和繆里的影響而被迫審視財產，忙著在民眾攻訐前處分掉過多的權利或資產。

「真是不好意思……我家寇爾給您添麻煩了。」

「沒有沒有，怎麼會麻煩呢，反而是個好機會呢。大掃除這種事，就是要有一點動力才做得起來嘛。」

對於受這位聖職人員之託而代為大掃除的人來說，實在是陪笑也尷尬。

聊到一半，赫蘿扯扯羅倫斯的袖角。

是要他先說正題吧。

「對了，有件事我想請教一下。」

羅倫斯問：

「請問有多的紙墨嗎？」

結果不僅是院長，連替他們送飲料來的老闆也愣住了。

「紙墨是吧。」

「是啊。為了增廣見聞，我們路上都在寫遊記，寫著寫著就用光了。如果有庫存，希望能賣一點給我。」

院長和旅舍老闆對看一眼，轉頭過來為難地笑。

「哎呀，其實我們先前就是在聊這個。」

「咦？」

院長輕咳一聲說：

「寇爾先生的奮鬥，真的是把全世界的寶庫都翻了一遍。而且你也懂的，寇爾先生不是為了讓每個人都看得懂聖經，正忙著翻譯聖經的俗文本嗎？這個也造成很大的影響，沒幾天就買不到墨水和羽毛筆了。」

這世上識字的人少，平日紙墨的供應量相當有限。

「我在路上經過的城鎮到處打聽也一無所獲，就算有也貴得嚇死人。後來——」

院長將羅倫斯的視線帶往比貝利領主。

「多虧比貝利大人去年買了很多起來，願意分給我一些。」

領主大多給人一臉大鬍子，神情威嚴的印象。不過比貝利雖有漂亮的絡腮鬍，眼神卻十分和善，甚至有點睡意。

從他不計身分地主動與羅倫斯握手來看，應該是個斯文人吧。

「那都是碰巧向去年留在村子裡的吟遊詩人收購的。他要和紐希拉認識的舞孃結婚，回故鄉種田。說以後需要的不是筆，而是鋤頭呢。」

吟遊詩人和舞孃都不是能夠長久的工作。若問為紐希拉溫泉提供餘興節目的他們後來怎麼了，這裡就有一個典型的例子。

然而院長已經先向領主徵求那些跟詩人買的紙墨了，只好放棄。正想請赫蘿在抵達阿蒂夫前先忍忍時——

「比貝利大人，羅倫斯先生會在這時候到這裡來找紙墨，還真的是神的指引啊。」

「咦？」

比貝利、院長和旅舍老闆同時對不解的羅倫斯笑。

先開口的是旅舍老闆。

「比貝利大人有事需要找人幫忙。因為這裡比較容易有滿懷智慧與學問的人經過，所以才到小店裡來。」

「很可惜，我兩邊都沒有，不過你就合適了。」

聽院長這麼說之後，比貝利端正姿勢，直視羅倫斯。那是有身分地位的人特有的儀態。

「這位比貝利大人，在這片據說從前屬於異教徒的土地上日以繼夜向神祈禱，想不到會遇見因扶持德堡商行而聞名的高明旅行商人羅倫斯先生，真是太幸運了。」

羅倫斯完全聽不懂那是怎麼回事，但身旁赫蘿若無其事地喝著人家送來的飲料，表示狀況並不危險。

於是他清清喉嚨，挺直背脊說：

「有什麼是我能為領主大人效勞的嗎？」

比貝利輕聲回答：

「羅倫斯先生，能請你利用你從商的豐富知識，解救我的領地脫離困境嗎？」

留絡腮鬍且長相頗具睡意的領主這麼說，並往身旁的院長看。

「事成之後，我想送一些紙墨給羅倫斯先生作謝禮，您同意嗎？」

「當然同意，神一定也是這麼希望的。」

比貝利點點頭，又轉向羅倫斯。

「院長也同意了，你意下如何呢？」

這是近郊領主的親身請託，而且這陣子因為到處都缺乏紙墨而價格飛漲，到了阿蒂夫也不一定買得到。

不知是怎樣的請託，讓羅倫斯商人的戒心緊張不已，一旁又傳來赫蘿無言的壓力。要是敢拒絕，往後一陣子的被窩裡別想有赫蘿的尾巴了。

「我明白了。羅倫斯自當竭誠以赴。」

「喔喔，這真是太好了！」

比貝利高興得站起來，用兩手和羅倫斯握手。

院長為他們祈禱，旅舍老闆也斟滿乾杯用的酒。

羅倫斯臉上雖是商人的完美笑容，心裡依然忐忑。

究竟什麼事這麼嚴重，值得領主親自到旅舍來找人呢。

不安的同時，也頗為好奇。

需要商業知識，是他過去的本領。

「那事不宜遲，今晚就到我的領地作客吧。讓我用我們那的上好——」

說到一半，待人親切的比貝利往旅舍老闆看。

「這樣會妨礙老闆作生意嗎？」

比貝利說得很認真，但老闆和院長都不禁失笑，搖了搖頭。

看來比貝利也是個討人喜歡的領主，評判嚴格的赫蘿也笑呵呵的。

「那麼，我們就在日落前出發吧。我家離這裡不遠。」

羅倫斯恭敬地行禮受命。

比貝利的領地真的離旅舍很近。他路上說，那間旅舍從前也是他們家的伐木場。

等到樹與樹距離拉大，來到悄悄蔓延於森林之間的草原時，一座閑靜的村莊出現眼前。

路上村民們見到只帶一個馬夫的比貝利都大聲問好。

村裡不見牛馬，馱獸只有幾匹騾子，感覺很簡素，但也是個治理得不錯的寧靜村莊。

「要請羅倫斯先生設法解決的，是現在讓我們村裡很頭痛的大問題。」

然而穿過收割完的麥田之間時，比貝利說了這樣的話。

「是需要商業知識的事嗎？」

「正是。」

比貝利親切問候結束農忙而返家的人，繼續說：

「說來慚愧，包含我在內，村裡沒人懂得作生意……」

「可是這座村子感覺非常和平，不像是有問題耶。」

如果是被壞商人盯上而欠了一屁股債，或遭苛政重稅壓得喘不氣的村莊，只要踏進一步就感覺得出來。

「上天保佑，村人生活不曾遭遇困境……但也因此缺乏戒心吧。」

比貝利嘆息道：

「這樣的邊境小村，同樣也受到了世間潮流的影響，把一些人沖昏了頭。就連我，也不敢確定自己的想法正不正確了。」

「請問究竟是出了什麼事？」

聽羅倫斯這麼問，比貝利公開家醜般眼神哀傷地說：

「是關於支撐我領土，我人民生活的森林該怎麼運用。」

「森林？」

喝了旅舍的葡萄酒而微醺的赫蘿眼睛一亮。

「嗯。如院長先生所言，現在世道劇烈動盪，我們也受到影響。這個影響就是——」

後方有大片森林的領主宅第出現在道路彼端。

「我們為了該如何從我們的森林獲取最大利益，已經爭吵很久了。」

個性似乎頗為純樸的領主露出走投無路的表情。

比貝利所招待的晚餐，有一整桌的野兔、鵪鶉、水鷸、雁鳥。

沒有牛豬這類切成大肉塊保存的肉，全都是專程去打獵才吃得到的野味。若在城鎮，這一桌恐怕得用金幣來付。

赫蘿當然是樂翻了，羅倫斯卻是吃得備感壓力。

因為聽比貝利晚餐上的說明，這件事恐怕非常棘手。

「呼……好久沒吃到這麼棒的肉了……」

赫蘿捧著肚子躺在床上，滿足地搖尾巴。

「從肉就能明顯看出來，房子後面那片森林是一等一的好。想染指這座森林，砍樹出來賣，根本是蠢到家了。那個絡腮鬍知道樹絕對砍不得，實在是很有眼光吶。」

羅倫斯坐在床角落，往打個小飽嗝的赫蘿瞥一眼，盯著燭光嘆氣。

「話是這樣說沒錯啦……」

「怎麼，汝要幫那群大笨驢說話嗎。」

事關一座森林的性命，赫蘿的語氣變得有點強硬。

即使不是自己的地盤，知道資源豐富的森林恐遭砍伐也不能視而不見吧。

「村人砍樹賣錢的想法，我也不是不懂啦。」

「……嗯？」

赫蘿睜開一隻眼睛往羅倫斯看。

「與異教徒的戰爭結束以後貿易復甦，各種物資愈漲愈高。紐希拉會為零錢見底而頭痛，也是因為這個緣故。」

旅館老闆們聽說羅倫斯要下山旅行，紛紛拿貨幣請他換零錢的事仍記憶猶新。

「其中，因為木材能做成船隻馬車、箱子桶子，漲得最厲害。把握機會砍樹賣錢，算不上是錯誤的選擇。」

赫蘿聽了翻身側躺，拄起臉頰，尾巴不高興地拍床。

「大笨驢，這樣只會毀了那麼好的森林。汝忘了剛才的肉有多好吃了嗎？」

「妳的想法也有道理。這個村子能過得這麼清閒，就是拜森林寶庫所賜吧。」

「哼哼，算汝有點腦筋。」

赫蘿可能是有點醉了，得意得像誇的是她一樣。

「比貝利也是個明事理又好心的領主。野菇、蜂蜜和野生燕麥大麥這些森林裡採得到的東西，他都大方地開放給村人去採。所以就算農田大歉收，也不愁沒得吃吧。」

「嗯，那還砍什麼呢……」

赫蘿的眼睛已經閉了一半。除了酒足飯飽外，也是因為久違的旅行生活耗了不少體力吧。

「可是現在人要過活不能沒有錢幣。村子需要賺一點現金，才能買無法自給自足的東西。」

「嗯……可是砍樹賣錢還是……很蠢……」

赫蘿的腦袋從手上滑了下來，然後蠕動著蜷成一團。

羅倫斯嘆著氣起身，替赫蘿脫去長袍。

「唔~這樣睡又沒關係……」

「有關係，會傷到布料。」

「大笨驢……」

赫蘿的動作愈說愈緩慢。很難相信這種人竟然自稱賢狼，還曾經被人當神拜。

羅倫斯剝去袍子，取下她脖子上的小麥袋，放在枕邊。

到這時，赫蘿已經發出細細的鼻息，墜入夢鄉了。

「真是的。」

羅倫斯嘆著氣摺好長袍，走到木窗邊。

秋夜的空氣有點寒涼，森林在月光照耀下依然陰暗。

「樹砍了還會再長……所以趁現在價格高的時候賣一賣嗎。」

村裡有不少人這麼想。

可是代代治理這塊土地的比貝利擔心，這樣短視近利破壞森林，會害得他們再也得不到至今來自森林的種種恩惠。

假如其中有那麼點對森林的信仰，也是其來有自。

譬如野菇，要是太貪心不留一點下來，會好幾年都採不到。砍樹會改變氣流、水流和植被，也會改變鳥類和蜂類的住所。

而且樹林要長回原樣，少說得花上一個世代的時間。

會慎重考量是否用這種短視的手段，不是沒有原因。

但若行情隨猶豫而下跌，且遭逢歉收或火災等需要現金的災害時，又會如何呢。

爭吵為何沒趁早賣掉的事，是可以預見的。

領主比貝利，是打算撫平村民的不滿，繼續維持豐富的森林資源，並準備現金未雨綢繆。

那麼，具體上該怎麼做。

羅倫斯遠眺了夜晚的森林一會兒，最後嘆口氣關上木窗。

這不是隨便想想就能得出答案的問題。應該先聽聽村民怎麼說，若情況需要，還得跟村長或主事者直接對談。

這就不屬於商人的範疇了。了解人民的意向，找一個能夠妥協的方法，是政治的領域。這時候需要的，就是賢狼赫蘿的力量了。

「那麼……」羅倫斯抱胸吐氣。

這位赫蘿現在是抓著被子縮成一團，打著小小的鼾。

「所以她才是賢狼赫蘿嘍。」

看著被子底下赫蘿傻呼呼的睡臉，羅倫斯不禁吊起唇角。

在頰上輕吻一下吹熄蠟燭，自己也鑽進被窩。

總之明天再說。

瞌睡蟲轉眼就來訪了。

不是因為昨晚吃了人家的肉，今天就要努力回報吧。赫蘿這麼積極，應該是出於有豐饒森林恐遭破壞的憤慨。

「喂，赫蘿……等等我啦！」

赫蘿難得起個大早，迫不及待要親眼檢視森林裡的狀況。羅倫斯雖也跟去了，但赫蘿的腳步快得他吃不消。

「汝是怎樣，昨晚喝太多了嗎？」

對爬山而言，步法似乎比體力更重要。在這點上，赫蘿的腳步真的就像狼一樣健步如飛。當旅館老闆多年的羅倫斯想跟上她，實在太吃力。

「妳才不要……咳咳、咳咳……不要這麼生氣咧。」

羅倫斯咳到拿水袋出來潤喉，赫蘿紅色的目光射了過來。

「咱才沒有生氣，只是覺得想破壞這種森林的人全都是大笨驢而已！」

說那就是在生氣也沒用吧。

羅倫斯嘆口氣，拿起夾在腋下的木板。木板上抹了一層蠟，可以用尖木筆寫字。上面詳細記錄了村民對森林的意見。

「總之，這邊看得到的全是比貝利家的森林吧。這附近，呃……好像可以採到野生的麥子。」

森林裡也採得到大麥或燕麥，只是品質遜於特別培育過的麥種，只能用來填補釀酒所需，或是當馱獸的飼料。

「嗯。森林不會太密，日照充足。還有些山丘的地形，含水量高。如果咱住在這裡可以趕走鹿跟豬，保他們千年豐收。」

赫蘿是能夠寄宿於麥子的狼之化身，不是在說笑吧。

「有人是覺得砍這邊的樹影響不大啦。」

羅倫斯也覺得空地變多，或許會讓麥子長得更茂盛。

「哼，一群大笨驢。」

然而赫蘿用尾巴掃開這些想法似的忽一旋身，環視森林中的廣場說：

「有膽就去砍周圍的樹唄。天氣只要差一點，風馬上就會灌進來，把好不容易結穗的麥子全部吹倒。然後比較矮，不知道在粗什麼的草就會到處亂長，讓麥子結不好穗。幾年以後，就會只剩下一大堆荊棘那種怎麼料理都不能吃的草。」

赫蘿在某個村莊的麥田裡待了數百年，之前還住在比紐希拉更深山的約伊茲。對森林變遷所見之久，無疑超乎羅倫斯所能想像。

那張瞇著眼，站在收割過後略顯空寂的地方環顧四周的側臉，甚至略感悲愴。

「原來如此。以前我行商經過的村子，也有人在感嘆森林突然不再恩澤他們了，其實就是這麼回事吧。」

「嗯。東西原本就在，便以為做什麼都不會改變這種事，咱也不是不能理解。可是啊，森林其實比汝等用的天平還容易變動吶。」

赫蘿蹲下來，取一把留在原地的麥稈，孩子似的甩來甩去。

「再來要去哪裡？」

「從這邊往東吧……嗯？」

羅倫斯看著記錄村民說法的板子，愣了一下。
「怎麼啦？」
「喔。」
他將板子轉向赫蘿。
「說要注意蜜蜂。」
採蜂巢而被螫的地方還有點紅腫。
赫蘿有替羅倫斯搆不到的地方抹豬油和成的軟膏，自然知道他的辛苦。
但她仍是吃性堅強的狼。
「應該有人說過蜂巢品質好不好唄？」
「沒有！這次我們不採蜂巢！」
不說得堅決一點，待會兒搞不好被她一點一點推下水。
赫蘿聽得咯咯笑，嚼兩口手上的麥稈後指向東方說：
「好，就往那走。」
她頗為雀躍的樣子看得羅倫斯渾身無力，默默跟上去。

在這條越過小丘的下坡路上，就連赫蘿也走得很小心。路面看似平坦，其實落葉底下藏有幾個凹洞。赫蘿邊走邊指出位置，並順著氣流找好走的路線繞。

森林密度愈來愈高，空氣也開始帶點濕氣。

常綠樹多，遮蔽了大部分日光。

不時傳來的細小爆裂聲或折斷小樹枝般的聲響，是不知在哪裡的鳥兒和視線角落鑽來鑽去的松鼠野鼠所造成的吧。

腳邊有不少橡實或錐栗，在這養豬肯定是一下子就肥起來了。

「咱愈走，愈覺得這是座好森林。」

也難怪赫蘿會如此讚嘆。

「有這樣的森林，怪不得村裡的人不怎麼拚命種田了。」

「嗯……是這樣的嗎，村裡的田看起來不糟啊？」

「有很多小細節都不怎麼注重的樣子。進了森林就有吃不完的食物，這也是沒辦法的事。因為這個緣故，咱是更不懂該拿森林怎麼辦這種事到底有什麼好吵的。失去了這座森林，難過的人會更多唄。」

赫蘿眼睛跟著樹枝上跳來跳去的松鼠說，而羅倫斯的回答是：

「這是因為，森林的恩惠並不是對每個人都平等。」

「嗯？」

大概是不想空著手，赫蘿改抓樹枝，啪啪啪地敲著樹根轉向羅倫斯。

羅倫斯蹲下來，腳邊正好有可以祛熱的藥草。比貝利說過森林裡的東西愛採多少就能採多少，他便不客氣地摘下來。

「像這種藥草或野菇、樹果這些，的確對每個人都有用。可是，人類社會有一點複雜。」

赫蘿沒插嘴，用眼神要他繼續說。

羅倫斯走到赫蘿身旁再開口。

「森林的恩惠再豐碩，能換成貨幣的還是有限。」

「例如蜂蜜嗎？」

「對，食物中最具代表的就是蜂蜜。啤酒和水果酒在某些地方可以外銷，可是這一帶水質好像不夠好，沒人提到。而且這裡比較偏遠，送貨很花時間。酒水又是很重的東西，運費會大幅拉高定價。如果口味沒比別人好，在市場上根本沒得競爭。」

或許是想起陪伴羅倫斯行商的時光，赫蘿若有所思。

「其他的嘛，是可以替城鎮代養豬羊，不過距離還是問題。」

說到這裡時。

赫蘿忽然伸長脖子往森林深處望。

「怎麼了？」

「……有燒炭味。」

赫蘿並不著急，不像有森林火災的樣子，而羅倫斯也很快發現味道的來源。

「有炭窯的痕跡呢。」

那是一座堆得高高的土丘。

將柴薪和潮濕的落葉一起堆起來燒，中間插一根用來流通空氣的管子，用土蓋起來，再放置一、兩晚就行了。

「木炭也是所有人都需要的東西，可是有些人特別需要。」

「……肉鋪嗎？」

羅倫斯忍不住噴笑，被赫蘿瞪一眼。

「抱歉抱歉，用炭火慢慢烤過的肉特別好吃嘛。」

赫蘿賭氣轉向一邊，用樹枝摳挖燒炭痕跡。

「用最多木炭的，是鐵鋪。」

「喔……就是在森林裡整天燒火，敲敲打打的人唄。」

「那是規模比較大的了。反正就是那樣。」

「所以就是那些人主張砍樹嗎？」

赫蘿的眼睛轉向羅倫斯手上的木板。

「是沒錯。尤其現在燃料飛漲，金屬類的東西也跟著漲價了。既然旁邊有這麼豐饒的森林，當然會覺得是賺大錢的好機會。」

「或許該說是懂得見機行事吧。」

「頭腦真簡單。」

赫蘿用鼻子嘆氣。

「基本上就是我剛才說的，照顧所有村人的森林恩惠大部分是難以賣錢，可是能賣錢的森林恩惠，又照顧不了所有村人。」

若決定砍樹，樵夫和搬運工將是主要受惠者，再來是炭匠和鐵匠。當然，他們賺的錢不會全進自己的口袋，有一部分要繳稅給比貝利，日後造福鄉里。

然而這將使得他們認為錢都是他們賺來的，在村中造成地位之分。

這對為採集、狩獵、耕田等賺不了大錢的事辛勤流汗的人來說，可就不好玩了。比起森林荒蕪，比貝利更怕的是傷了村裡的和氣。

「如果有其他能賣錢的東西就好了。」

「嗯。」

赫蘿閉起眼睛，聆聽周遭之後說：

「對了，皮草怎麼樣？」

赫蘿是狼的化身，而市場不時能見到狼的毛皮，所以羅倫斯是盡量避免去談。但既然是赫蘿自己提的，就非答不可了。

「皮草是少數能賣高價的商品沒錯……可是獵人大多贊成砍樹。」

赫蘿眉頭大皺。

「他們說適度砍一些樹，可以方便他們驅趕獵物。」

「……」

赫蘿聽不下去似的垂下肩膀，拿樹枝往樹幹一敲。

「人真是愚蠢啊。」

「可是皮草匠反對砍樹，所以就扯平了。」

「嗯……？」

赫蘿擺出不解的臉。是不懂皮草匠為何反對吧。

獵人捕到愈多野獸，皮草匠的工作也就愈多才對。

於是羅倫斯替赫蘿解釋人類社會的構造。

「皮草不是要先鞣過嗎？這個工序需要廣大的森林。所以……喔，這樣啊。這個注意蜜蜂是這麼回事吧。」

羅倫斯看看周圍樹木以後，發現那是什麼意思。

「很可惜，他們說的不是妳想要的那種蜂。」

「咦……是會擠在牛身上那種嗎。」

那是指吸血的牛虻吧。即使是狼這樣的森林之王，似乎也管不了蟲子，赫蘿一臉的厭惡。

「不，是擠在樹上那種。」

「那……不就是採蜜的蜂嗎？到處都有唄？」

前不久採到的蜂巢裡的蜜，就是從滿溢樹液的樹採來的。

但蟲利用樹木的方法，可不只那一種。

「是會在樹裡面築巢的那種。樹上不是有時候會結出奇怪的果實嗎？」

赫蘿愣了一下，曖昧地點點頭。

「唔、嗯……偶爾會看到。汝是說直接長在樹枝中間那種唄？可是那不像果實……比較像奇怪的樹瘤吶。不是可以吃的東西。」

看她吐舌皺眉的樣子，難道是吃過嗎。

「那是有蜂類在裡面產卵而造成的，也就是搖籃。」

見到被蟲寄生的蟲會嚇哭的赫蘿似乎想像了那個畫面，臉色全僵了。不過蜜蜂的幼蟲總是讓她吃得津津有味，結果是好奇心勝出了吧。

「所以吶？那和皮草有什麼關係？」

「關係大嘍。把那個瘤劃幾刀泡進水裡煮出來的汁液，就是鞣皮的必須材料。」

「喔？也就是說……咱懂了。皮草獵得再多，鞣不起來也是枉然唄。」

「就是這樣。因為毛皮是現在少數能賣錢的商品，所以是保護森林最大的勢力。」

赫蘿點點頭，看見光明似的笑起來，但忽然注意到一個問題。

「可是汝啊，皮草和木材比起來哪個賺？」

不愧是賢狼。不，應該說不愧是退休商人的妻子。

「皮草完全比不上木材啊。」

赫蘿悻悻然地哼一聲，拋開樹枝。

然後掃視周邊，像個森林之王般盤手抱胸。能賺大錢的一方勢力強這種事，赫蘿當然也懂。

「所以我早上說了，需要妳的智慧。」

原本是懷著一絲希望，期盼能在森林找到能賣錢的商品。比不上木材也好，至少能幫皮草匠壯大一點聲勢。但果然事情沒那麼簡單。

如同羅倫斯是了解商場的商人，村民們也是打從出生就依傍森林而居。以為一天就能找到他們所沒發現的，未免太自以為是。

「嗯……如果要講森林的優點和砍樹以後的弊害，咱是可以幫忙……」

「不是那樣，就是妳脫了吧。」

聽羅倫斯這麼說，赫蘿嘟起嘴巴，耳朵尾巴不滿地晃動。

「咱沒了毛皮才是脫光光呢。」

「那應該要說請妳披上毛皮吧。」

赫蘿的真面目是比人還高的巨狼。要是有村民見到狼的身影在月夜高聲長嚎，那漆黑的森林之王就會帶來恐懼。

也許會害怕觸怒狼群，不敢亂進森林。

「……要是有人因此把可憐的小女孩丟進森林獻祭就糟了唄？咱也不會沒事就來這座森林。」

不僅是森林之王，倘若還記得在教會勢力遍布天下前是怎麼做的人，認為自己觸怒住在山林或泉水裡的精靈時，會發生什麼事是顯而易見。羅倫斯稍一想像化為狼姿的赫蘿，面對淚流滿面的祭品女孩而不知如何是好的樣子就有點想笑，但事情不是鬧著玩的。若為了保全森林而使得村民不敢碰觸森林的恩惠，豈不本末倒置。

「再說要嘴皮的工作是汝負責的唄？」

或許是「沒事就討這討那吃的人哪有資格說我」的想法寫在臉上了吧。

赫蘿走過來故意踩羅倫斯一腳，又離遠幾步抱起胸。

「是汝負責的唄？」

「是啊。」

羅倫斯嘆息回答，喃喃地說：

「嗯……說到底，就是錢的問題嘛……這座森林這麼豐饒肥沃，怎麼會沒有能夠賺錢的東西呢……」

比貝利領地裡的村民應該都已經聽到消息，只要南下到了河邊，再不願意也會看見。這年代貿易鼎盛，商業所不可或缺的木材一條條地順河而下，不認為自己也該受惠的反而奇怪。

羅倫斯自己也不禁有稍微犧牲一點森林來換取現金的念頭。

說不出口，是因為赫蘿。

赫蘿遇到有關森林的事就容易激動，更何況答應協助比貝利是為了請他分點紙墨，好給赫蘿寫遊記。

聰明的赫蘿當然不會忘記這件事。

風兒吹過，赫蘿抬望頭上搖動的樹梢，說道：

「咱也違抗不了世間的大潮流。如果人類想要的是閃亮亮的貨幣，終究是避不了的唄。」

「赫蘿？」

「而且寫字不也需要銀幣金幣嗎？那麼阻礙村人賺貨幣，也不是正當的事。他們也跟咱一樣，有需要的東西唄。」

村民想賣木材也不是為了過奢侈生活，就只是不想錯過賺取貴重貨幣的好機會而已。

若是村子的儲蓄增加了，歉收時就能到其他城鎮買作物，也能買農事或採集所需的鐵製品，或者在附近小河設置新水車。貨幣可以直接改善、豐富村民的生活。

如同聖經上說人不能只靠麵包過活，村民也不可能只憑大地的恩惠解決一切所需。

赫蘿像燃盡了自己一樣，無力地站在炭窯遺跡旁。

「還以為咱在好久以前，就把保護森林的想法放水流了吶。」

並苦笑著這麼說，來到羅倫斯身邊。

這次不踩腳，牽起他的手。

「就像汝好久沒旅行就花了好多時間生火，韁繩也抓得太用力一樣，咱泡了太多溫泉，都忘了人世間是怎麼樣了。」

世事是不如意的多，有時需要裝作沒看見。

不僅是走過商人之道的羅倫斯，面對時代移轉只能旁觀的赫蘿，也切身地明白這一點。

羅倫斯也握緊赫蘿小小的手，彎下腰讓嘴巴附在獸耳根部。

「至少比貝利是個好領主。森林在他的指揮下，不會耗用得太過度吧。」

「……嗯。」

來。

赫蘿點點頭，貓咪撒嬌似的將臉埋進羅倫斯胸口。

這下沒法為赫蘿維護森林安寧，也沒能達成領主比貝利的請託了。

若是誠心謝罪，拿那個巨大蜂巢做補償，比貝利這個好心的領主說不定還願意分一點紙墨出來。

想到這裡，羅倫斯忽然有個念頭。

「對了。跟比貝利拿紙墨高價轉賣的話，多少能補一點回來吧。」

在這個偏遠的鄉村，通常沒幾個識字。

與其任紙墨腐壞，還不如拿去賣錢。

如果能幫領主多賣點銀幣，來作自己興沖沖地接下任務卻失敗的補償，他應該也會高興吧。

向赫蘿說明下一步計畫後，惹來她的苦笑。

「汝就算跌倒了，也要有錢賺才會爬起來唄。」

「小的是商人嘛。」

羅倫斯的玩笑話逗得赫蘿嗤嗤笑，然後是一聲嘆息。

「那麼，咱們就去道歉唄。今晚沒好吃的肉能吃嘍。」

「妳就暫時用樹皮來寫遊記吧，像這塊木板這樣。有看到紙墨再幫妳買。」

「嗯。對了，可以用那些炭寫嗎？」

羅倫斯跟著往炭窯遺跡看。

「只用炭寫很容易糊掉。我是看過有人摻膠來代替墨水，可是做膠要長時間燉煮動物的肌腱和骨頭，同樣需要木材……大概就是這樣吧。」

「到處碰壁喔！」

赫蘿刻意的大叫令人失笑。

「話說回來。」

赫蘿又說：

「咱平常用的那種墨水是怎麼做出來的？」

「嗯？那個啊，是用一種叫做沒食子，長得像果實的樹瘤煮出來的東西。這種樹瘤也會用在鞣皮上……咦？」

「唔？」

赫蘿和羅倫斯傻愣地看著彼此。

「汝啊。」

羅倫斯尷尬地笑起來。

「……有知識是一回事，能不能隨時拿出來又是一回事呢。」

「跟汝的錢包一樣。」

雖想抗議說別相提並論，不過見到赫蘿期待得雙眼發光，尾巴猛搖的樣子也只能笑了。

「也難怪村人沒注意到這件事呢。」

識字的恐怕只有比貝利一個，且說不定連他也不會，遠離城鎮的地方常有這種事。假如真是如此，也難怪他們沒有這種想法。

「不是說墨水被寇爾小鬼和繆里搞得漲翻天了嗎？」

「是啊。如果想要很多樹瘤，就要讓樹長得更多更茂盛了。」

「汝啊。」

赫蘿臉上堆滿笑容。

這世上就是偶爾會發生這種事。

「這樣能保住森林，也能幫到村人。只要大量生產價格高漲的墨水，就能比砍了就沒了的木材賣得更久更多。」

「這樣咱要的墨水也有著落啦！」

此後羅倫斯與赫蘿肩並肩離開森林，向比貝利報告結論和墨水製法與價位。墨水和酒不同，是少量就能賣出高價的優秀商品，送到遠地去賣也有可觀利益。而且沒食子的採集與加工都是小孩就能做的事，可以提供貢獻的人並不受限制，可以避免村人之間的衝突。

「不愧是名聞遐邇的羅倫斯先生！」

羅倫斯獲得比貝利盛大的讚賞，當晚餐桌也是滿滿的佳餚。

赫蘿收到比貝利相贈的墨水就立刻動手記錄這天的餐點，途中不勝醉意而打起盹來，羅倫斯趁機拿來偷看。發現上頭提到他的名字，還有一句「大笨驢偶爾也有點用」。

「大笨驢是多的啦。」

羅倫斯苦笑著抱起在椅子上睡癱的赫蘿，搬到床上。

替永遠的公主蓋好被子後，他看向月光下的紙疊。

在未來的日子裡，那些紙都會寫上好多好多的字吧。

會有快樂的事，也有不快樂的事。

「不過，全都會是美好的回憶。」

羅倫斯喃喃地手扶木窗。

如闔書般關上。

也為長長旅途的一景閉了幕。

狼與旅行之卵

這天的風有點冷。

離開溫泉鄉紐希拉已經約有兩週時間。這趟睽違十年的長旅經過有些顛簸的開頭後，前旅行商人羅倫斯終於找回旅行的感覺。

走完長長的山路，兩人在一望無際的平原路上享受旅行中閒得發慌的時刻。

「呼啊～～～啊呼。」

這麼大的呵欠不是羅倫斯打的，是來自一早就優雅地猛曬太陽，大刺刺趴在馬車貨台毛毯堆上的妻子赫蘿。

「汝啊，城鎮還有……呼啊……多遠……？」

冷風提醒現在是秋天，但平原這一塊的日照仍有夏季的餘韻。

藉大片陽光曬出薄汗，再讓涼風撫過臉頰的暢快，是無與倫比。

在紐希拉一有機會就晨睡午睡的赫蘿，今天過得愜意極了。

可是她今天特別慵懶，像隻被寵壞的狗，在毛毯上蠕動。

原因出在她手上的小酒桶。

赫蘿從幾天前碰巧在森林裡摘到的蜂巢拿點蜜出來拌葡萄酒，封進酒桶在毛毯底下蓋幾天，就成了即席的蜂蜜酒。

今天赫蘿起了個大早，便迫不及待地拔開桶栓品嘗蜂蜜酒，喝到帶著酒意昏昏欲睡，睡醒再喝，反覆至今。

還有什麼比這更享受呢。

「就快了吧。進大路以後往來的人會變多，妳小心一點喔。」

「大笨驢……咱哪會那……麼……」

語尾就這麼唏哩呼嚕地沒了。轉頭一看，赫蘿半張著嘴，躺在貨台上呼呼大睡。

雖然赫蘿不說話就像個十四、五歲的少女，這種邋遢的樣子也很適合她。亞麻色的頭髮在陽光下閃閃發光，輕柔瀏海隨風搖蕩，如詩如畫。

但若僅是如此，她就不必注意他人眼光了，大可盡情當一個享受旅程的淘氣少女。

問題在於，赫蘿不是個普通的少女。

在陽光下閃耀，輕飄飄隨風搖蕩的，不只是她漂亮的亞麻色頭髮。她頭上有對三角形的大獸耳，腰際還生了條毛髮豐沛的尾巴。

赫蘿的真面目是寄宿於麥子中、巨大得要人抬頭仰望、威嚴可畏氣勢逼人、高齡數百歲的狼之化身。

至少……她自己是這麼說的。

「真是的……」

看著睡得毫無戒心的赫蘿，羅倫斯嘆口氣，一邊嘴角不自禁吊成笑的形狀。

她自稱賢狼，也的確擁有令人敬佩的智慧與見識，不過也會有這樣傻呼呼的一面。對此，羅倫斯是一點抵抗力也沒有。

「傷腦筋耶。」

沒人知道這苦笑的囈語究竟是對誰所說。

羅倫斯聳聳肩，從一旁的麻袋拿一條肉乾銜著，並注意到壓在底下的紙疊。紙上寫滿了字，都是睡死在貨台上的赫蘿每天努力累積起來的遊記。

赫蘿擁有無限的壽命，無論羅倫斯如何努力，遲早都會讓心愛的妻子獨留於世。為排解赫蘿的寂寞，羅倫斯建議她多記錄生活的點滴，最好多到看到最後都會忘了頭。

從此以後，赫蘿非常熱衷於寫日記。羅倫斯當然是為她高興，但這也造成了一個問題。

看來赫蘿是愛上了寫文章這件事，偶爾會寫些純粹是幻想出來的生活情節，還沾沾自喜。這麼一個貴族千金會在修道院培養出來的興趣，一下就用光了旅館裡的庫存紙墨。

下山旅行這幾天，紙墨也是轉眼被她用光，得請碰巧認識的領主分享一小部分。有鑑於此，羅倫斯實在是無法想像這之後究竟還需要花多少錢在這上面。

為了赫蘿，他什麼都肯做，可是骨子裡畢竟是個商人。看到那麼厚一疊紙，很難不去想那究竟值幾枚銀幣。

其實羅倫斯也懂赫蘿這麼積極記錄生活的心情。回憶是種模糊不清的東西，無論在紙上寫得再多，都無法完整重現在這時候午睡多麼舒坦。

所以至少想讓她盡情去拼湊這些碎片。

因為赫蘿終將獨自遺落在時間之流裡。

想到這裡，羅倫斯不禁喃喃地說：

「希望有更好的方法。」

一來是希望能替她留下更多回憶，一來是希望節省一點開銷。

想著想著，平平坦坦的道路遠端出現一面立牌。

那是鄉道接上大道的指標，也表示目的地近了。

要是有人看見赫蘿的耳朵尾巴，馬上會出事。

於是羅倫斯轉向貨台，要叫醒睡美人了。

「喂，赫——」

「城鎮到了嗎！」

赫蘿亢奮地跳起來，嚇得羅倫斯仰身後退而扯動轡繩，馬兒不高興地噴了噴氣。

但赫蘿不理也不睬，戴起斗蓬的兜帽，嘿咻一聲爬上駕座。

羅倫斯還來不及收攏在身邊的麻袋就已經被赫蘿搶走，抓一條肉乾銜在嘴裡。

「好久沒進大城鎮啦，非要吃個夠本不可！」

明明幾天前才去領主家裡作客，吃了幾桌的野味，先前也喝了剛釀好的蜂蜜酒……這種話，說了也沒用。

況且見到她這麼高興的樣子，罵人的力氣也沒有了。

羅倫斯邊笑邊嘆氣，坐正抓穩韁繩。

無情的時光洪流，不是羅倫斯能操縱的東西。

那麼，好歹得為心愛的妻子駕好貨馬車才行。

兩人離開深山溫泉鄉紐希拉，一路往西順流而下。

即將抵達的是港都阿蒂夫，設有主教座及大主教，堪稱這一帶最大的港都。

且歷史悠久，在宗教戰爭中成為前線基地，扮演第一道關卡的角色，阻擋來自北海群島的海盜攻進內陸。

時至今日，當時的遺跡也依然顯而易見。橫越阿蒂夫中央的河流兩岸，各築有高大的尖塔，尖塔之間吊了條巨大鎖鍊。據說鎖鍊會在危急時墜入河中，攔阻試圖溯河的海盜船。

羅倫斯通過入城關卡後如此說明，眼睛早就被攤販食物吸走的赫蘿隨便應兩下。

「如果用那條鎖鍊拴住妳脖子，不知道會不會聽話一點喔。」

赫蘿的真面目是好幾個人高的巨狼，那種尺寸的鎖鍊說不定剛剛好。當羅倫斯這麼想著喃喃自語時，耳朵就是不會漏掉這種話的赫蘿踩了他一腳。

「說，這裡的名產是什麼？」

「真是的……」

羅倫斯搓著腳丫回答：

「那當然是魚啦，新鮮的生魚堆得跟山一樣。尤其在這個天氣開始變冷的季節，每種魚都很肥美。不管是鹽烤、油炸還是燉煮都很好吃。」

「魚啊？」

或許是認為狼不適合吃魚，赫蘿顯得很不滿。

「不要聽到魚就嫌嘛。對了，聽說這裡會用有點好玩的方式買賣鯡魚，一起去看看吧？」

「不要。咱再也不想看到醃鯡魚了。」

深山裡，餐桌上的魚不是溪魚就是醃鯡魚。人家說鯡魚這種東西多到拿劍往海裡一刺就能刺起一串，不管住得多偏僻都能便宜買到。

因此鯡魚可說是支撐世人生活根基的重要漁產，但也因此每個人都吃得很膩。

「其實不醃的話，鯡魚還滿好吃的耶。」

「……汝是打算用那種便宜的魚塞滿咱的肚子唄。」

赫蘿懷疑地瞪過來。

對於提到食物就特別貪心的赫蘿，羅倫斯只有聳肩的份。

然而鯡魚的價格的確是低於任何肉類。

於是羅倫斯清清喉嚨說：

「好比說，用一整鍋油來炸。」

「嗯……？」

「一開始火力小一點，鯡魚剔除內臟以後連頭丟下去炸。聲音是滋滋滋的就對了。」

羅倫斯無視赫蘿「扯什麼東西啊？」的眼神繼續說：

「等快熟以後就多添點柴，燒熱的油就會炸出嘩啦嘩啦很熱鬧的聲音。」

赫蘿完全沉浸在羅倫斯口中的情境裡，猛吞口水。

「鯡魚會就這麼炸到又酥又脆，連骨頭都能吃。然後撈出來，趁它還在劈哩啪啦爆的時候抓一大把岩鹽灑上去……」

再加上灑鹽的動作，赫蘿就像看見食物的貓一樣眼睛跟著跑。

「最後從頭大口咬下去。」

赫蘿的尾巴提裙襬似的翹了起來。

「嘴唇上油的香和海鹽的鹹，都用冰涼的啤酒一起送進肚子裡，真是痛快……會痛！會痛啦！」

「汝啊，那咱們就走唄！鯡魚是唄？現在正是肥美的時節唄？」

羅倫斯被赫蘿隔著衣服用力地捏，好不容易才扯掉。

用便宜鯡魚塞肚子的計畫看來會很成功，而且是成功過頭。

「我們先去德堡商行問問看路上狀況怎麼樣，然後訂船票。現在是換季的時候，船艙擠滿了商人和物資，動作不快一點就要等到冬天了。」

現在羅倫斯和赫蘿跟以前不同，有地方要回去。紐希拉的溫泉旅館是託別人代管，不能拖沓。

因此，羅倫斯那麼說並不是故意逗赫蘿，但嘴還是中途閉上了。

因為赫蘿都濕了眼睛，咬著下唇不放。

「……好啦好啦，我知道了。我自己過去商行，妳拿這個去隨便買一買。」

羅倫斯交出去的，是指頭探進錢包後猶豫片刻才挑出來，品質不太好的銀幣。他們剛認識時，羅倫斯曾經給赫蘿一枚近乎純銀的崔尼銀幣，結果她全拿去買蘋果了。

節約這個詞，會在美食之前消失不見的樣子。

赫蘿眼睛閃亮地接下銀幣，對羅倫斯展露滿面笑容。而羅倫斯即使明知笑容是赫蘿的武器，他的心卻還是輕易被赫蘿攻陷。

為了顧一點面子，只好這樣說：

「那包含我的份喔。」

「大笨驢，咱當然知道。」

嘴巴這麼答，眼睛已經在找攤子了。赫蘿都是穿比較厚的裙子來蓋尾巴，但尾巴搖得裙子都在抖了。

「真是的……」

就在羅倫斯要對舔著嘴唇，正要奔向獵物的赫蘿交代集合地點時——

「嗯？」

赫蘿忽然伸長脖子。

「怎麼了？」

「唔，嗯……」

壓在兜帽底下的耳朵動了動之後，赫蘿維持方向，只用手拉拉羅倫斯的袖子。

「汝啊，咱們背後，路對面。」

赫蘿是狼的化身，而狼是森林之王。無論在多麼擁擠的人群中，即使整顆心都被炸魚占滿也不會大意。

「……會打起來嗎？」
貨台上有貨物，道路擁擠。
要是被扒手或強盜盯上，就算不至於搬個精光，也不會平安無事。
帶女眷的人特別容易成為目標。
「手上沒武器……其實和常到咱們那泡溫泉的是同一種人。」
「聖職人員？啊，妳該不會……」
這句話讓赫蘿的表情變得很尷尬。
「蜂蜜酒喝多了嗎……」
赫蘿是長了獸耳獸尾的非人之人，而教會將她這樣的人當作遭到惡魔附身，不該存在於世界上。
說不定是一早就猛喝蜂蜜酒，又太久沒旅行而導致疏漏，被人看見耳朵尾巴了。
赫蘿啃啃拇指指甲，重新握緊羅倫斯給她的銀幣說：
「沒辦法。他們要找的是咱，只能逃走了。汝先把船安排好，照行程往南走。咱沿海岸跑的話，遲早會在某個城鎮跟汝會合。」
「話是這麼說沒錯啦……」
「那就看汝的啦。」

了幾次。

赫蘿之所以稱為賢狼，是由於她能在危機時做出正確選擇。羅倫斯已經不曉得被她的機智救

仍然躊躇，是因為即使知道赫蘿的判斷完美無缺，也不想和她分開的緣故。

當然，這說出來只會被她白眼，而羅倫斯也知道小別勝新婚的道理。

「不要把錢都拿去喝酒喔。」

「大笨驢。」

赫蘿笑著這麼說就跳下馬車駕座。這時，路對面交頭接耳的幾個人撥開人群朝他們接近。有穿僧服的人，有穿著體面的商人，還有看似修士的人。

羅倫斯將兩人關係設定為在旅行途中偶遇，做個深呼吸。要拿出從前作商人時睜眼說瞎話的本領出來了。

而且他行商時和幾個手握大權的人有些交情，有個萬一時可以依靠他們，心裡不怎麼緊張。

但就在他這麼想著目送赫蘿的背影離開時，一個非常突兀的詞傳進耳裡。

「請等一下！請問您是繆里女士嗎！」

「咦？」

不僅是羅倫斯，正往人群裡鑽的赫蘿也錯愕得停下腳步。

因為那是他們獨生女的名字。

「汝、汝啊？」

疑惑的赫蘿往羅倫斯看，等他的判斷。

羅倫斯以手勢示意赫蘿先等等，轉向趕過來的那幾個人。

他們撥開人群，被火爆工匠和忙著作生意的商人罵得縮來縮去的樣子如果是演戲，那演技可真好。看起來不是壞人。

至少不像是衝過來殺異教神祇的。

「先聽他們怎麼說好了。」

羅倫斯嘆口氣又說：

「我們有必要了解一下那個野丫頭又闖了什麼禍。」

畢竟她身上流著赫蘿的血……後半段的這個想法，最後僅止於想法。

聖職者們趕到兩人身邊，正面見到赫蘿就發現自己認錯人了。

「頭、頭髮顏色不對……？」

赫蘿是仿若秋季森林的亞麻色，女兒繆里則是強烈顯現羅倫斯基因的美麗銀色，不會錯認。

「嗯？各位有事嗎？」

狀況仍不明朗，兩人先隱瞞繆里是女兒的事。

赫蘿裝傻反問，他們跟著急忙端正儀態說：

「不、不好意思。請問，您是繆里女士嗎……？」

他們懷著最後一絲希望般這麼問，見到赫蘿微笑著歪起頭，肩膀就垂了下來。

然而他們仍不放棄，仔細端詳赫蘿的臉孔。

「哎呀，真的好像……」

「就是啊就是啊。」

「請問，您是繆里女士的姊妹嗎？」

其實是母親，於是赫蘿慢慢搖頭。

不過羅倫斯感覺得到，赫蘿的尾巴正開心地搖晃。

即使高齡數百歲的她化為人形時完全不會老，但被人以為和女兒同年，感覺還是很不錯。不管活了幾百年，少女仍是少女。

「世界上竟然有這麼像她的人啊……」

在他們感嘆時，羅倫斯插嘴問道：

「那位繆里女士做了什麼嗎？」

羅倫斯和赫蘿下山旅行，就是為了見他們的獨生女繆里一面。

長期在旅館工作的青年寇爾為守護信仰而啟程旅行，繆里也硬是跟了過去。

兩人似乎引起了很大的社會動盪，而最近音信全無。赫蘿口口聲聲說不必擔心，可是羅倫斯就是在意得不得了，便決定親眼看看他們是否安好。

「您說繆里女士嗎？呃……抱歉，兩位是最近才到這裡來的嗎？」

「對啊。我們平常都是在深山裡經營一間小小的旅舍……已經好久沒進城了。」

羅倫斯沒有說謊，從外觀也能明顯看出這一點。在山上住久了，衣服習慣穿厚一點，與其他人略顯區隔。

「這樣啊，那也難怪沒有聽說。」

穿僧服的人咳一聲說道：

「兩位知道現在追求正確的信仰成為一股巨大的旋風，席捲了全世界嗎？」

「這個嘛……知道，有聽說一點……」

這股旋風，源自於溫菲爾王國與教會首領教宗鬧翻。

教會長年以討伐異教徒為由徵稅，但這個稅在停戰以後也年年照徵不誤。

後來溫菲爾王國正面質疑這條稅的正當性，民眾對於教會積財過剩與行為墮落的不滿也在這一刻爆發出來。

於是改革的烽火相繼燃起，燒得聖職人員七葷八素。

在顧客包含許多高階聖職人員的紐希拉，也受過其低氣壓的影響。

「這個城鎮的教會，就曾經在信仰的路途上迷失過。這時為我們指引一條新路的就是黎明樞機寇爾大人，以及扶持他的聖女繆里女士。」

聖女繆里。

羅倫斯和赫蘿不禁面面相覷。

他們所熟知的繆里，是個會在山上半裸著跑來跑去，青蛙和蛇都能若無其事地直接用手抓，用細繩綁起來丟進池裡釣巨大鯰魚的野丫頭。

和聖女應該有很大的差距才對。

「而且寇爾大人和繆里女士第一次獲得神的恩寵，據說就是在這裡。一切都是從這裡開始的。」

壯年修士驕傲地微笑著說。

羅倫斯也想起寇爾的確在信上提過這件事。

「不過後來聽說黎明樞機大人和繆里女士往南邊去了，所以我們很想在這座城裡多少留下能供人回憶這奇蹟的東西。」

留下回憶這句話，讓赫蘿有點共鳴。聖職人員本來就會記錄世間發生的大事，做成編年史。

「這時我們聽說有個長得和繆里女士十分相像的人進城裡來，覺得是神的旨意就立刻趕過來了。」

「呃……這樣啊……」

兩人又對看起來時，一名聖職人員對衣著體面的商人使個眼色，商人便將小心翼翼抱在懷裡的大方板上的布給解開。

「這是我們教會訂的，正好在今天送到。而今天正好有您這樣的女性來到阿蒂夫，一定是神的指引不會錯。」

等布揭下，羅倫斯和赫蘿都睜圓了眼。

「很棒吧？見到了它，任誰都能一眼就了解降臨在這座城的奇蹟！」

他們看見的，是一幅畫。

天空灰濛，場景又是光禿禿的岩山，整體色調顯得很暗。

可是畫面遠處的雲縫間有道曙光探照下來，一名青年向曙光伸出了手，還有一個少女依在他身旁虔誠祈禱，手拿號角的天使在他們周圍飛舞……這樣的構圖十分常見，但畫中人無疑就是寇爾和繆里。

「怎麼樣。既然這裡是一切的起點，我們還在商量是不是要用這幅畫在阿蒂夫的教堂畫個大型的天頂畫呢！」

這幅畫的畫工好得令人想仔細查看，但比起畫作品質，羅倫斯更在意的是價錢。

顏料可說是寶石的粉末。

不敢相信地搖搖頭，那動作卻被聖職人員們視為對神蹟的讚嘆，全都是一臉驕傲。

「十天後，教堂要為這幅畫舉行展覽會和祈福儀式，拜託兩位務必要參加。這對兩位一定會是很棒的精神食糧，神應該也會在路上保佑兩位的。」

見到那麼熱情的笑容，實在很難回絕。

出於無奈，羅倫斯姑且連聲說好應付僧侶，僧侶們也興高采烈地和他們握握手，腳步輕快地離去。

杵在原地的羅倫斯心裡不太敢相信，轉頭一看，赫蘿的表情卻十分嚴肅。

赫蘿人稱約伊茲的賢狼，自森林與精靈的時代存活至今。繼承她血統的繆里被製成畫像掛在教堂裡，或許是不應該發生的事。

「汝啊。」

她以非常低沉的語調開了口。

「赫蘿，我跟妳說……」

這是世間潮流，當作畫了一個長得很像的人就好——羅倫斯正想這麼說時遭到打斷。

「汝啊，就是它了。」

「咦？」

「汝啊，咱也要那個！」

赫蘿望著僧侶們的去向，緊抓羅倫斯的手。

裙子和兜帽底下，赫蘿狼的部分顯得很興奮。

她的紅眼睛閃閃發光地看著羅倫斯說：

「咱也要咱的畫像！」

賢狼赫蘿不會衰老，永遠是少女的模樣。不會隨人世時光流動而改變的她，總有一天會獨自留下。目前，赫蘿只能用文字，為沒有永恆生命的羅倫斯記錄他的言語、動作和回憶。

然而文字會理去許多枝節，無論寫得再詳盡也比不過現實。要沒見過蘋果的人想像蘋果長什麼樣，是一件困難的事。

但若換成圖畫呢？

「汝啊，咱……」

赫蘿梨花帶淚地抿著唇求情。

羅倫斯都這個年紀了，見到赫蘿感動成這樣還是會小鹿亂撞，可是世故的他頭不會點得這麼容易。

在考慮細節之前，曾是旅行商人的他已經回答：

「不行，別鬧了。」

「為什麼！」

即使赫蘿氣得像是要咬人，也改變不了這題的答案。

「拜託……妳知道一幅畫要多少錢嗎？」

那是貴族的商品，所以那名商人的服裝才會那麼高級，舉止優雅。

不是一介旅館老闆能碰的東西。

「唔唔，可是那……」

赫蘿淚汪汪地往僧侶們的去向張望。阿蒂夫大教堂的鐘塔，從大片叢簇屋舍彼端露出了一點頭。

那幅畫是教會的人用他們的財力請人繪製的吧，畫得實在很好，彷彿是將眼中所見當場封入畫布。赫蘿無論如何揮動羽毛筆，也畫不出那種傑作。那幅畫就是有這樣的震撼力。

所以貴族才會留下自己的畫像，教會才會有聖經故事的畫。

「不行不行，這個絕對不行。」

「……」

赫蘿繼續在教堂和羅倫斯之間看來看去，最後肩膀無力地垮下。她雖能熟門熟路地鬆開羅倫斯的錢包，但那也是了解錢包裡有多少錢而為之，不會真的強人所難。從羅倫斯的態度，不難看出油畫的價格有多高昂吧。

最後，兜帽和裙子底下興奮的耳朵尾巴都癟了下去。

只是看見一幅畫，不會讓赫蘿有這麼大的反應。她過去在旅行中當然也看過別的畫，從來沒這樣要求過。

問題是出在畫裡的人是和她長得一模一樣的繆里，還有她看著長大的寇爾，也難怪會想要一幅自己的畫。

「好了啦，不要擺那種臉嘛。」

羅倫斯搭上赫蘿的肩，赫蘿不理他。

嘆口氣後，羅倫斯又撈撈錢包，再拿一枚銀幣給她。

「這樣夠妳寫好幾張鎮上好吃的東西跟宴會的情況了吧？」

平時這種時候，赫蘿已經是眼睛發亮，今天卻依然消沉。

不過從她銀幣握得很緊來看，大概沒有外表那麼糟。

羅倫斯想了想，說道：

「也是可以不要亂花錢，省起來買顏料啦。幸好我還有以前旅行認識的畫商可以拜託。」

「……都忘了那隻豬。」

「攸葛先生是羊喔。」

羅倫斯現在賺得比以前多，會解囊討赫蘿開心的金額自然不少。若確實省下這部分額外開銷，肯定會是一筆可觀的數字。

且即使哭喪著臉，她仍是賢狼赫蘿。軟趴趴的狼耳底下，八成有這樣的盤算。

這時候需要戰勝的，往往是心中的慾望。

「……這、這個……汝拿去唄！」

赫蘿將握在手裡的銀幣拿到羅倫斯面前。

羅倫斯驚訝不是因為她的手抖得很厲害。

而是她面對難以抗拒的炸鯡魚和冰涼啤酒，卻選擇了節儉。

赫蘿居然會這麼做！

但即使這樣的決心給羅倫斯強烈震撼，他依然沒忘記商人應有的冷靜判斷。

「總之，今天就只吃一枚吧。」

羅倫斯從赫蘿手上抽走兩枚銀幣，一枚還給她。

「千里之行始於足下，真正重要的是持之以恆。」

炸鯡魚和冰涼啤酒回來了，讓赫蘿睜圓眼睛看著羅倫斯。

並再也不放手似的兩手握著銀幣按在胸口。

這模樣讓羅倫斯不禁失笑而被瞪。

「老想著一舉致富，結果吃了不知多少苦頭的汝沒資格笑咱！」

「……這我有在反省啦。」

「哼！」

赫蘿把頭甩到一邊，但臉上並不怎麼氣。這樣開了一條通往畫像的路，又有美食能吃。赫蘿以前也說過，禁欲產不出任何東西。

有所爭取就必須有所放棄這種事，本來就不是絕對。

「妳就趕快去買吧，我去德堡商行找船了。待會兒在德堡商行碰面，可以吧？問人就知道怎麼走了。」

「咱是賢狼赫蘿，不是三歲小孩。」

「您說得是。」

羅倫斯再補一句：

「既然不是小孩，鯡魚記得買我的份。」

赫蘿不情願地側眼瞪過去回嘴。

「錢算在汝頭上。」

「……本來就是我的錢……好啦好啦。」

被她咧嘴吼一下，羅倫斯馬上就縮了。

「啤酒要選冰的喔。」

「知道啦！大笨驢！」

最後罵一聲跳下貨台，隨即消失在雜沓的人群之中。

「真是的，賢狼之名要哭嘍。」

赫蘿狡猾歸狡猾，有時比女兒繆里還像小孩。

「也好，這樣才不會膩嘛。」

羅倫斯喃喃自嘲，搔了搔頭。

「可是這畫像嘛……」

拒絕甚至讓赫蘿眼中泛淚的願望，並不是因為吝嗇，畫的價格真的是嚇死人的高。翻完腦袋裡的帳簿，也難以擠出畫錢。先不談畫家的工錢，光是顏料就要吃掉一筆龐大費用。所以見到那些聖職人員請人繪畫，讓羅倫斯心裡對他們有點質疑。請人繪畫或許真的是出於對神的崇敬，可是從他們的財力足以出得起，卻不考慮這筆大錢可以如何造福社會來看，即使他們口口聲聲說什麼改革和正確的信仰，特權階級的壞習慣依然是根深柢固。

但現在譴責他們不知世間疾苦也沒用。

當下該考慮的是如何籌錢。

「沒有的東西，就只能自己去討了。」

希望能盡快弄到一筆夠看的數字。

儘管赫蘿放棄得很乾脆，羅倫斯仍有商人的自尊。

這座城鎮，有一門他好奇了很久的生意。

羅倫斯駛動貨馬車，緩緩前往德堡商行。

德堡商行是勢力遍布於這片大陸北部的大商行，各大城鎮均設有分行。像阿蒂夫這樣的大港都，會館當然是相當氣派。

由於十多年前，羅倫斯和赫蘿在關乎德堡商行的大風波中幫上了一點忙，從此深有交情。而且寇爾和繆里的信上還提到他們在阿蒂夫受過德堡商行照顧，順便去道謝。

管理商行的館主當然是將他當上賓來歡迎，只是樣子有點誇張。說難聽點，他僵硬的笑容底下似乎有些懼怕，尤其是提起寇爾和繆里的時候。

他們的信只說旅途有起有落，基本上相當順遂，說不定有些信上沒寫的內情……這麼想之餘，羅倫斯看館主不敢放過自己任何小動作，表示最高敬意的緊張模樣，也不忍心逼問。

因此，羅倫斯就只是事務性地確定幾件事，詢問館主能否在啟航之前借住一宿。

立刻住進會館中最好的房間後，羅倫斯放下行李，問館主最後一個問題。

而答案帶他來到港都阿蒂夫最具活力的港口中最熱鬧的地方。

港邊有一大排店家、商行和工坊，其中一角有個在屋簷下吊鯡魚形狀招牌的屋子。乍看之下像是專門料理魚的酒館，其實不然。

一推開門，聲音和熱氣就迎面撲上羅倫斯的臉。

「喔喔！你們看！加彭商行出高價了！」

「來來來，還有嗎？還有嗎！有沒有人再加！」

「是怎樣，都有把柄抓在加彭商行手上嗎？」

「不不不，豐收節都還沒過呢，沒人曉得明年春天的海會怎麼樣，而且南海的魚又更難猜了！」

「快報！有人想聽快報嗎！剛從北海帶回來的快報！」

嗆鼻的熱氣，是擁擠而興奮的人群、手上的烈酒和堆成小山的炸魚混雜交織而成的吧。而且不知為何，天花板上還吊著燻鯡魚，讓屋裡的空氣更為濃烈。

不管怎麼看都是賭場的氣氛，但每個人都是清清白白。

然而他們一點也不像供應教堂繪畫的畫商那麼優雅，都是會追著錢跑，有空就好像會削削銀幣邊緣的人。

「怎麼，沒見過你。」

在門口杵了一會兒，有人過來搭話。他兩隻耳朵都夾著羽毛筆，手捧厚厚的帳簿，上頭密密麻麻是數字和看似名字縮寫的字。

「來找酒喝的話，你找錯地方了。」

港口總是龍蛇混雜，每個人脾氣都很火爆。

羅倫斯有點嚇到，但很快就穩下來說：

「德堡商行給了我一點方便，讓我參加這次競標。」

「嗯？」

這個喝得滿臉通紅又油光閃亮的鬍鬚男，一把抓走羅倫斯取出的羊皮紙。快速看過一遍之後粗魯地塞回來，還帶著嚇人的笑容。

「很好，你從今天起就是我們船上的一員了。可是船會開向天國還是地獄，我可沒法跟你保證啊！」

鬍鬚男哈哈大笑，把羅倫斯肩膀拍得好痛，接著拿起耳朵上的羽毛筆。

「話說你來得真是時候！今年會期前幾天才開始，還不曉得會怎麼樣，這時候最好玩了！來，你要押哪裡？價目表在那邊！」

牆上有塊頂天的大告示牌，上頭有無數的數字和頗為可愛的魚圖案。有個小伙計抓在告示牌邊的梯子上忙碌地塗改數字。這是市場競標會常見的景象，這裡也是其中一種。

不過，就連曾經遊歷世界各地，自詡經手過大部分商品的前旅行商人羅倫斯，也只聽說過這樣東西。

「來來來，快下快下！是哭是笑春天就揭曉了！全都是大海的恩惠！」

屋裡的氣氛被這句話炒得更加熱烈。

羅倫斯來到的這棟屋子買的不是鯡魚，而是鯡魚卵。

鯡魚魚貨量極大，大到不行。不然也不可能讓深山居民便宜買到。然而這個任誰都一定吃過的魚，卻有個大多數人沒嘗過的部位。

那就是卵。

「去年歉收，前年豐收，大前年也是豐收，再往前一年就是五年一度的大豐收。也就是說，今年最糟也是豐收，有機會是前所未有的大豐收。」

「傻小子，豐不豐收有什麼差，重點是鯡魚肚子裡塞了多少蛋吧？今年的鯡魚長得很肥，是一等一的體格，到了冬天要過完的時候，蛋都要把肚子給撐爆了吧。」

「喂喂喂，你第一天作生意啊？有買有賣才叫生意。鯡魚的事講了再多，沒買家的話也沒有行情。重點在沙丁魚上。」

「你是有南方的消息才這樣說的吧？」

「嘿嘿嘿，你自己猜呀。」

「混帳，你真的有消息嗎！」

每張桌子都是像這樣聊個沒完。從鯡魚知識聊到南方的傳聞，最多的就屬夏季天氣和「沙丁魚」漁獲量高的事。

鯡魚卵不是人要吃，而是捕沙丁魚用的餌。沙丁魚歉收豐收的差距比鯡魚更激烈，要灑下的鯡魚卵價格也是變動極端，沒規則可言。

而商人像貓一樣，注意力會被價格劇烈變動的商品吸走，想要撲上去。

「啊～真希望我是魚，這樣就能直接游到南方問沙丁魚今年怎麼樣了！」

商人的叫喊惹來哄堂大笑。

這裡的商人每個都是遠道而來，到阿蒂夫為明年春季的鯡魚卵價格下賭注。大多是富裕的商人，拿羅倫斯看了就頭暈的金額來賭也不喘一下。

論價格漲跌巨大，其實小麥也一樣。不過小麥是生活必需品，所有城鎮都禁止炒作。觸法的甚至可能以囤糧論，送上斷頭臺。

相對地，鯡魚卵是給沙丁魚吃的，買再多也不會惹沙丁魚生氣。

場子裡也沒有打牌擲骰，不會受教會譴責。

這樣世間少有的賭博，甚至有「神為商人設計的買賣」之稱，所以這裡才會聚這麼多商人。

且更往回推，阿蒂夫的繁榮程度能高過周邊港都這麼多，也是拜鯡魚卵所賜。當富商來得愈多，落在該地的錢就愈多；錢多了，各種行業都會活絡起來，吸引更多人。

羅倫斯即是來到這個像在過節的交易所見習，順便賭一把。

「那我也來買一點。數字很小，見笑了。」

「嘿嘿，哪裡。現在在桌上堆盧米歐尼金幣的人，也都是從一枚銀幣開始的。有的人賠到脫褲子以後，還洩恨似的跑去幹從鯡魚肚裡取蛋的活，把本錢賺回來以後又不怕死地繼續賭呢。願神保佑！」

男子接下羅倫斯的銀幣，記在帳簿上，說得真的很開心的樣子。

「話說，你真的要買嗎？」

記錄完之後，男子問。

「聽說今年南海都是晴天，而晴天一多，下一季沙丁魚就會歉收呢。」

不曉得男子這樣嚇唬人是真的有情報，還是想賺取消的手續費。

無論如何，羅倫斯沒有嫩到會中這種伎倆。

「是神告訴我的。」

男子聞言不禁歪唇一笑。

「好吧，想再買隨時可以來找我，春天感謝祭是最後一天。不過說實在的，沒有人的單會拖到那個時候啦。」

根據羅倫斯在德堡商行所聽說，這個場子裡的商人幾乎都跟鯡魚卵本身的買賣無關，就只是賭價格漲跌，且幾乎中途就收手了。這場盛會的最後一天，其實都是在加工或搬運鯡魚卵，會有其他商人照單取貨，賣給南方的漁夫或商行。

由於有這樣奇特的交易方式，專門捕鯡魚的漁夫可以在這裡販賣尚不存在的鯡魚卵，先拿一筆錢。假如日後南方的沙丁魚嚴重歉收，餌料鯡魚卵的價格就會暴跌，已經收了錢的漁夫就能鬆一口氣了。相反地，要是卵價暴漲就得自己吞下來，但大部分漁夫還是選擇安穩之路。

而思考方式與漁夫相反，最愛瞎賭的商人們則是將命運託付在卵價上，在秋季到春季之間等待市場需求揭曉。

「願神保佑我們這個新上船的夥伴。」

男子又拍拍羅倫斯的肩，應其他商人呼喚而大步走過去。

告示板上的價格在這當中依然不斷變動。現在鯡魚肚子裡還沒有卵，也沒有為吃卵而聚集的沙丁魚，這裡買賣的就只是幻想中的魚卵。

在紐希拉深山經營溫泉旅館，就會忘記商人們構築起來的這個神奇世界。

羅倫斯吸入滿腔交易所的空氣，快活地莞爾一笑。

然而，他不是來緬懷從前，也不是來瞎賭賠錢。羅倫斯是真的有勝算。

紐希拉的溫泉旅館有很多來自南方的客人，即使是北方深山僻地的旅館老闆，對南海的了解也不會太差。羅倫斯曾聽南方客人說過，夏季河川上游的降雨量，與沙丁魚收穫多寡息息相關。

而且他還有個可靠的夥伴。他日以繼夜服侍孝敬，讚美尾巴，供奉美酒佳餚的對象不是別人，正是掌控麥田豐歉，甚至受人奉為神祇的赫蘿。羅倫斯曾在赫蘿飯後昏昏欲睡時，問過她沙丁魚和雨量的關係。

她的回答是，雨會使山裡的養分溶入河川，讓溪魚長得更肥。河川匯聚而成的大海也應該會發生同樣的事，所以將上游降雨看作會造成海魚豐收，基本上並沒有錯。

而羅倫斯聽說今年夏天上游下了很多雨，導致夏季小麥歉收而漲價，其他食品也會跟著漲。照這樣看來，沙丁魚季開始後，價格一定會定得很高，捕沙丁魚所需的餌料沒有跌的道理。

總之這些資訊加起來，羅倫斯是勝券在握。

而且賭鯡魚卵和一般賭博不同，無論再怎麼看走眼，至少還拿得到鯡魚卵。就像從前的武器交易，不會有超過自身能力的損失，鯡魚卵也不會毫無價值，不會全盤皆輸。

完美無缺。

「我再繼續當商人也沒問題吧。這樣也能補貼一點畫的資金，一石二鳥。」

自賣自誇的羅倫斯，當然也有拿捏賭金的量。不會像以前那樣賭身家，就只是怡情小賭，幾枚崔尼銀幣而已。

如果這裡賭贏了，未來旅程上又能找到賺錢機會，說不定能請人畫一幅小的。

赫蘿一定會很高興吧。

「雖然都是為了她，可是這種事還是得對她保密，否則又不曉得要怎麼念我了。」

赫蘿看似豪放不羈，骨子裡其實比一般人嚴謹。

羅倫斯一踏出交易所就嗅嗅身上味道。赫蘿不可能聞不出酒和油炸的氣味，勢必會問他上哪蹓躂了。

於是他在返回德堡商行的路上，到烤羊肉的攤子前給煙徹底燻一遍，再買點串烤大蒜和燉魚當伴手禮。

借宿第一晚，兩人在德堡商行的款待下玩到很晚。

近期的船都沒空位了，只能訂到十幾天以後的班次，現在急也沒用。前幾天都是野宿，這樣正好充分舒緩疲憊的身體。

隔天，羅倫斯習慣性地在日出時分睜眼，但當然沒能直接清醒，又回去繼續睡。回籠覺這麼舒服，也難怪赫蘿老是賴床。這麼想著的羅倫斯就此將身體交給睡意，直到太陽高掛才終於醒來。

覺得再睡下去不太好的同時，羅倫斯習慣性地在被子裡探索毛皮。赫蘿的尾巴昨天請商行燒水仔細洗過，蓬鬆到極點。

要耍懶就不能只是賴床，還要連同尾巴抱抱體溫略高的赫蘿才是最好……但摸了幾下以後，羅倫斯總算睜開眼睛。

「……赫蘿？」

不叫人就會睡到天荒地老的赫蘿竟然不見蹤影。往床邊的椅背看，就只有羅倫斯的大衣掛在那裡，沒有赫蘿的袍。

昨晚她喝了不少，還以為肯定要睡到中午，會上哪裡去呢。

「……很快就會回來了吧……」

羅倫斯嘟噥著打個呵欠。既然赫蘿不在，下床也是無聊，便又躺回去閉上眼睛。

但知道床上少了赫蘿，就突然覺得被窩冷了很多，連房間也變得特別安靜。噴嚏又不識相地在這時候招呼過來，讓羅倫斯鬧彆扭似的縮成一團。

簡直像一個人就寂寞得睡不著一樣。

羅倫斯覺得很不甘心，想來個三度回籠而用力閉眼，然而睡意就是不來。寂靜不斷擾動他的耳朵，心靜不下來。

「……」

別撐了，去找她吧。

當羅倫斯這麼想而準備起身時，房門開了。

「汝怎麼還在睡啊？」

赫蘿和正好面對門口的羅倫斯對上眼就這麼說。

羅倫斯只有在極為短暫的旅館淡季才會賴床，平時都是負責挖赫蘿起床。在旅程上野宿時，他也總是比赫蘿早起，生火弄早餐。

獨睡空床還被嫌，讓羅倫斯很不是滋味。而赫蘿理也不理，抱起擺在窗台上的小酒桶，倒一杯昨晚喝剩的葡萄酒，一口飲盡。

「嗝！」

為她一早就這麼有酒興傻眼時，赫蘿用袖口擦擦嘴，猛一轉身。

「好了吧汝，要睡到什麼時候？趕快準備出門了！」

羅倫斯在被子底下疑惑地皺眉。

「出門……？去哪裡？」

「當然是去鎮上啊！喏，汝自己看，咱把該去的地方都打聽來了。」

他這才注意到赫蘿手上的便宜紙。

「汝昨晚不是也答應了嗎？」

「昨晚……？咦……」

羅倫斯慢慢坐起，試著用恍惚的腦袋回想。

昨晚飽嘗海鮮大餐以後，他將赫蘿剛洗好的尾巴擺在大腿上，跟她一起喝還沒發酵完全的甜滋滋蜂蜜酒。不再露宿野外，讓他們可以想睡就睡，喝得很愜意，一不小心就喝多了。最後蜂蜜酒不夠喝，開了蒸餾酒桶栓子這部分，羅倫斯都還記得。

接下來就沒印象了。

雖然很幸運地沒有宿醉，在床前抱胸俯瞪他的赫蘿，眼裡滿是對酒醉丈夫的數落。

見丈夫縮起脖子，赫蘿嘆口氣，從椅背扯下大衣丟給羅倫斯。

羅倫斯手忙腳亂地拿開蓋住腦袋的大衣後，赫蘿說：

「咱們還要好幾天才會上船唄？」

「嗯？對啊，最近的船都堆滿了貨物……這時候船都在忙著轉運南方來的夏麥和北方的皮草，根本沒空位。呃……所以呢？逛街的話，一天就逛完了吧？筆墨的部分，我已經請德堡商行幫忙準備了……」

可是赫蘿手上抓著紙。看來那個懶散的赫蘿早早就起床，到處聽了某些消息。

羅倫斯強忍呵欠，抬頭看不時會突發奇想的旅伴。

「妳要去哪裡做什麼？」

赫蘿用鼻子長嘆，將手上的紙按在羅倫斯臉上。

「咱要賣力工作了啦！」

她是醉到現在嗎。羅倫斯不禁想。

兩人來到阿蒂夫熱鬧的街道上，羅倫斯大口打呵欠，赫蘿專注地盯著手上的紙看。紙上寫滿了赫蘿那歪歪斜斜的字，基本上都是能在這鎮上打的零工。

赫蘿雖是高傲的狼，但問她工作是否勤奮也會嚴重心虛。更別說要她在旅途中不拿著名產邊逛城鎮景點邊吃，而是認真工作了。

問她為什麼，而原因果然是出在昨天那幅畫。

「像小孩一樣吵著要畫，汝也還是一樣沒那個錢。況且，那個錢包是要給咱買酒買飯用的。」

「很高興妳發現了這個真理。可以的話，真希望妳在我們行商那時就能發現。」

「大笨驢。而且咱也去問過畫的價錢了，真的是……也難怪汝會拒絕得這麼快。」

赫蘿是個耳聰目明的人，對物品價值的認識還高過一般村姑。

「如果是用炭畫在布上那種，吃幾天黑麵包配水就請得起畫家了。」

「……」

赫蘿聽了瞪過去。

「為什麼繆里那隻大笨驢可以畫得那麼好，咱就要用炭畫得一臉黑漆漆的啊？」

她可是高齡數百歲的賢狼大人呢。

但羅倫斯很懂赫蘿。

她巨大的狼牙底下，藏著比女兒繆里還強的少女心。

「說得也是。論可愛，妳跟繆里是勢均力敵，可是妳還有一份威嚴，在畫裡一定比繆里更好看。」

羅倫斯對於孩子氣的部分隻字不提，先誇再說。這句話當然沒有半分虛假，能分辨人言真偽的赫蘿聽得狼心大悅。

「汝也終於懂了嘛。」

「略懂略懂。」

極其刻意的嘴臉逗得赫蘿忍不住笑出來，羅倫斯也跟著笑。

「所以，妳要去哪裡賺錢啊？這城鎮這麼熱鬧，應該不怕沒人要臨時工啦……這個記號是什麼意思？」

「嗯，就是適合咱的工作。」

適合賢狼赫蘿的工作。

羅倫斯在心中如此呢喃，請赫蘿給他看清單，最後在一臉得意的赫蘿面前發出有點乾的笑聲。

「麵包店服務生、酒館服務生、香腸攤……全部都是吃的嘛。」

「很棒唄。」

哪裡棒就不問了。

八成是以為可以偷吃吧。

羅倫斯一方面猜想著赫蘿的歪腦筋，一方面這麼說：

「老闆應該會很樂意請妳這麼漂亮的女生當招牌吧。」

「是唄？」

會說話，笑容又甜美。只要紮個三角巾站在店門口，馬上就會大排長龍了。

這部分是無庸置疑，不過羅倫斯知道一件赫蘿不知道的事。不，回顧過去的行商之旅，應該說赫蘿忘了才對。

只是光用嘴巴說，赫蘿也不會信吧。

世上有很多體驗過才會知道的事。

「好吧，加油喔。」

羅倫斯只是這麼說就把紙還給赫蘿。

「愛喝酒的沒用丈夫，就在房間慢慢等妳嘍。」

赫蘿爽朗地哈哈大笑。

麵包店老闆當場就僱用了赫蘿叫賣麵包。這時期旅人往來頻繁，船隻不斷靠港，吃膩保久乾麵包的船客也都蜂擁到麵包店來買新鮮麵包。客套話沒說幾句，老伴就要她到店裡招呼了。

對意氣風發地穿上圍裙的赫蘿揮揮手，羅倫斯就離開麵包店。

然後在港邊到處閒晃，看看阿蒂夫各式商品的價格和品質，也到平時供應旅館補給品的商行打招呼，再到這裡經手各式穀粉的幾家商行繞一繞。一是因為以前他曾在小麥買賣上受過慘痛教訓，二是說不定能找到比其他產地都便宜的麵粉。小麥產地也是會有榮枯興衰。

而且阿蒂夫這麼熱鬧，光是逛逛就讓人很興奮。

經營溫泉旅館和行商相比是一點也不無聊，不過思考這些眼花撩亂的商品怎麼進貨，到哪裡高價賣出，還是有別種樂趣。

在攤販邊站著解決午餐後，羅倫斯懷著彷彿回到新手時代的心情，到處參觀阿蒂夫的商人如何作買賣。順道去鯡魚卵交易所看一下，見到魚卵漲價而得意地笑。

時間就這麼匆匆流逝，直到高昂的教堂鐘聲響起，羅倫斯才回過了神。鐘聲是宣告一天的結束，除部分店家外都得打烊，赫蘿也該下班了。

賣麵包是需要整天站著說話的工作，羅倫斯便買了瓶說是剛進貨的蘋果酒。回到德堡商行時，女傭告訴他赫蘿已經回來了。

開了房門，羅倫斯感嘆地笑道：

「辛苦啦。」

赫蘿脫去厚厚的衣服，以一身好像很冷的輕便打扮趴在床上。一動也不動，其自豪的尾巴也亂糟糟的。

房裡瀰漫剛出爐麵包的味道，來源八成是赫蘿。

現在抱她，一定香得不得了。

「晚餐還要吃嗎？」

即使這麼問，赫蘿仍舊動也不動。羅倫斯不覺得她睡著了，將蘋果酒的小酒桶擺到桌上，發現有個袋子。解繩一看，裡面都是麵包，大概是老闆送的吧。每個看起來都很好吃，且沒有動過的痕跡。吃性堅強的赫蘿不太可能有要等心愛丈夫回來再吃的偉大情操。

於是羅倫斯苦笑著說：

「其實只有一開始會覺得香吧？」

赫蘿多半是認為既然要工作，就該在美食的圍繞下，但事情總是過猶不及。

「汝……早料到了唄……」

床上傳來啞得讓人聽了都喉嚨痛的聲音。

「告訴妳會這樣，妳也不會信吧。」

「……」

亂糟糟的尾巴剛舉起來又無力垂下。

「妳以前不是在建造水車磨坊的地方賣過肉跟麵包嗎？難道妳忘了那時候只有一開始能偷吃嗎？」

「～～……」

赫蘿臉壓在枕頭裡咿咿嗚嗚說了些話，腳擺了幾下之後向外一甩。是要羅倫斯閉嘴，替她捏腳吧。

「現在知道賺錢多辛苦了嗎？」

一在床邊坐下，赫蘿的腳丫就掃了過來。床邊擺著一盆涼掉的熱水和毛巾，羅倫斯便浸濕毛巾，用力擰乾之後替赫蘿擦腳。真是隻小巧玲瓏的玉足。

這盆水應該是體貼的女傭替她拿來的，可是精疲力竭的赫蘿動都不想動，脫完衣服就累倒在床上起不來了。

「不過，這件事很適合記錄下來吧？」

羅倫斯笑著這麼說，肩膀被不在他手裡的左腳踢了一下。

「明天還要去嗎？」

一這麼問，赫蘿的右腳就在他手裡一抖。

往頭看去，赫蘿抬起臉來，很不情願地說：

「……一天就逃跑，有辱賢狼之名……」

旅人打零工本來就是一天半天的事，對方應該不會介意，可是赫蘿沒那個臉。

「好吧，那就再撐一天，然後跟人家說有別家店找妳過去吧。」

赫蘿閉起眼長嘆一聲，扭啊扭地坐起來，黏在羅倫斯身上。

「這樣我擦不到腳啦。」

左腳還沒擦，但赫蘿幼兒似的緊抱著動也不動。

明明應該是個能隻身漂泊的人，在麵包店工作一天就成了這副德性。

羅倫斯笑歸笑，想到赫蘿願意在他面前展現自己軟弱的一面還是很高興。

「先睡一覺吧。這時候港邊整晚都有燈，晚點再邊逛邊找東西吃。」

摸摸赫蘿的頭，三角形的獸耳跟著拍了拍。每次都有麵粉像蝶翼鱗粉那樣灑，可以窺知工作有多重。

「那我去跟館主談一下我工作的事——？」

羅倫斯想站起來，卻被赫蘿拉倒在床，臉按在他胸口上不動。恐怕她是在麵包店陪了一年份的笑臉。

其實有點認生的赫蘿是想補充一點招呼客人耗掉的東西吧。

羅倫斯無奈地柔柔一笑，也摟住赫蘿。尾巴在床上啪啪啪地拍起來。

受人需要，就是商人的喜悅。

沒過多久，赫蘿就發出了細小的鼻息。

結果赫蘿硬是在麵包店撐了三天，沒有一枚崔尼銀幣，也賺了一半，全是零錢也很有幫助。以行情來看，對方付得很大方。不是她做得很認真，就是賺了很多錢吧。

而她賣掉的力，羅倫斯也勤快地替她補了回來。

一早就替她梳頭、穿衣服、麵包撕小塊來餵，不高興就摸摸頭誇誇尾巴，連羅倫斯都想討薪水了，可是偶爾這樣做其實也不壞。

打工結束後，赫蘿整整墮落了兩天才總算恢復力氣。

「受不了，害死咱了！」

赫蘿在下榻的房間啃著午餐中的香腸發牢騷。

雖然說得像是被羅倫斯逼著工作，可是挑她毛病恐怕會沒完沒了，只好先忍忍。

「這樣也拿不到一整枚亮晶晶的銀幣，什麼時候是個頭喔……」

「慢慢賺就好了啦，還有這麼多工作可以挑。」

赫蘿那張紙上記錄的打工資訊種類繁多，有專為等船等馬車的旅人設計的，也有臨時需要人手的工作。

港口搬運工是一定少不了，把羊群豬群從船上趕到圍欄裡的也有。還有清理船艙，修補船帆等，很有港都氣氛。

再來是一大排餐飲店幫手的工作，識字的還可以到公證人公會幹活。

「咱已經受夠賣吃的了。」

赫蘿將香腸沾滿芥末醬，大口咬下。

馬上就辣得縮脖子，尾巴毛都豎起來了。

「那就只能挑技術活或體力活了吧。」

「唔……就沒有輕鬆又單純的工作嗎。有品酒的就好了。」

才剛在麵包店體驗過被過多食物包圍的痛苦，真是學不乖。

「如果有分辨麵粉有沒有亂摻的工作，靠妳一個就行了吧。」

在旅館就實際有過這種事。赫蘿和繆里靠她們的狼鼻子，發現麵粉不純。

「大笨驢。幹一天那種事，咱的鼻子要不管用十天。」

這樣就分不出來東西好不好吃，滿方便的……羅倫斯在心裡偷偷這麼說，視線停在赫蘿問來的一項工作上。

「這是在做什麼？」

「嗯？」

旅行商人都是走遍世界各地，看狀況應變作買賣。對世間之所知，自然有一定的自信，然而紙上有個羅倫斯不懂的項目。

「攪拌婦？」

「啊，還有這個。」

赫蘿嚼著摻核桃的麵包，拍拍碎屑說：

「這是跟整天在會館裡縫縫補補的小丫頭問來的，是港口特有的工作。」

「是跟名字一樣，就是攪拌嗎？攪什麼？」

「聽說最多的是小麥。嗯，很適合咱嘛。」

攪拌小麥？聽到這裡還是沒有頭緒。

「是幫麵包師傅嗎？」

赫蘿咕嚕咕嚕喝完葡萄酒結束早餐，幸福地噗哈一聲。

「咱不是說過不想再碰麵包了嗎。這個工作，是處理磨成麵粉以前的麥子。汝買小麥都是放在通風好的貨馬車上，所以沒注意過。」

擦擦嘴後，赫蘿鬥志高昂地抓起大衣，把羅倫斯的份也丟給他。

「汝知道小麥受潮以後很快就會壞掉唄？咱們村子裡，也是會盡可能每天攪拌倉庫裡的麥子兩次，幫它們換換氣，太濕的就拿出去曬。」

「原來是這樣啊。我都是注意品質好壞，沒想過怎麼維持品質耶。」

「哼。」

赫蘿抱起胸，不知怎地用責怪的眼神看過來。

「真是的，汝做什麼都是半吊子。」

毛茸茸的尾巴在赫蘿背後左右搖晃。那是夜夜幫助羅倫斯安心入睡的溫暖毛皮。

「……妳平常寫那麼多，都沒把我怎麼孝敬妳尾巴記下來嗎？」

在本體上花了多少錢就更別提了。昨天和前天是怎麼對她的，已經全忘了嗎。

「大笨驢，那還差得遠吶。」

對赫蘿這種話，羅倫斯只能聳肩嘆息。

「總而言之，顧小麥的事咱已經做慣了。看樣子，這種事不管在村莊還是城鎮都是女人的工作。」

「所以才叫攪拌婦啊？」

工作有職責，有領域。看似已經透徹認識的城鎮中，也會有許多男人不曾注意的角落。

「咱也聽說攪拌的時候都會唱歌，好期待啊。」

赫蘿在旅館不太會湊熱鬧，但還是有唱歌跳舞的時候。

她將手插進裝麥穀的大麻袋，邊攪拌邊愉快地哼歌的樣子，一定頗為可愛。

「不要攪得太高興，搖尾巴給人家看喔。」

「咱又不是狗！」

赫蘿對羅倫斯一瞪，牽起他的手走向港邊。

兩人在港邊向人問路，前往倉庫林立的工作地點。除了許多搬運工和商人外，的確有不少女性。羅倫斯過去來到港邊時當然也見過女性，卻從來沒想過她們做什麼工作。

攪拌婦因工作需要，在嚴冬也會穿短袖。見到倉庫區幾乎所有女性都穿短袖，羅倫斯為自己的不覺感到慚愧。

「喔喔。小姐也來幹活啊？」

問過幾個路人後，他們在倉庫附近的公證人辦事處找到了攪拌婦的工頭。

這位手握著筆的矮小老人，第一眼給人和藹可親的印象。皺巴巴的皮膚多半是太陽曬出來的，還有無數小舊疤，指節又特別粗。年輕時候多半是個搬運工，扛出名聲以後負責管理倉儲吧。

「這時候請再多人都不夠用呢。話說小姐，妳懂麥子嗎？」

「只要還沒煮過，咱要它發芽就會發芽。」

能宿於麥中，掌管豐歉的赫蘿說不定真辦得到，而老人當然只是當她說笑。

「那真是太好了，妳就趕快去吧。對了，袖子要捲起來，然後穿上制服再去。要是被不知好歹的搬運工纏上了，短袖的小姐都會來幫妳。」

「嗯。」

羅倫斯看著赫蘿笑嘻嘻地捲起袖子，並注意到老人的視線。

「那麼，先生是來搬貨的嗎？看起來是識字的人，是來找文書工作的吧？想做哪種都有得忙就是了……」

話題突然轉過來，讓羅倫斯有點慌。

「不，我……」

羅倫斯自己也有很多事要做。譬如找人買紐希拉託賣的硫磺粉，尋找管道換大家都欠缺的零錢等等。

「嗯？抱歉抱歉，兩位不是夫妻嗎？」

「啊，我們是啦。」

才剛開口，赫蘿就插了嘴。

「這頭大笨驢叫咱出來工作，自己要在房間喝酒呢。」

「喂。」

羅倫斯是在處理各商行的信件，絕不是虛度時光，不過工作時是會喝上幾口蜂蜜酒，反駁了不曉得會有什麼後果。

「呵呵，反正一個願打一個願挨，喜歡沒出息的人我管不著，自己要多擔待。」

「嗯，咱已經很習慣了。」

看著赫蘿和缺牙的老人笑成一團，羅倫斯只能嘆息。

「好啦，其實攪拌婦大多都是這樣，沒什麼好說的。」

「咱也沒辦法，愈麻煩的傢伙愈有意思嘛。」

老人不敢恭維地笑，叫排在後面的女孩上前。

「就這樣，咱要努力工作啦。」

「好好好。」

見羅倫斯哀怨地回答，赫蘿笑得好開心。

攪拌婦的工作似乎很對赫蘿的胃口。港裡有各個產地送來的麥，光看就很有趣，且攪拌時能聽說很多事，樂趣倍增。赫蘿愉快地搖晃著沾上麥殼的毛茸茸尾巴，邊將工作的事寫進日記邊和羅倫斯聊，直到打起瞌睡為止。

到了第二天夜裡，還多了同事們的事。赫蘿在那遇到曾在紐希拉表演的旅行舞孃，雙方都嚇了一跳。這時候紐希拉沒什麼客人，所以來這裡賺點外快吧。

當然，攪拌婦絕大多數是當地婦女，且幾乎是窮人寡婦。而這工作就只是攪拌麥子，薪資沒有高的道理。

男人不能做這件事，據說是為了留給工作機會少的女人，讓她們不至於走偏。

然而赫蘿也說，事實也如工頭老人所言，有很多人是走偏了才來作攪拌婦。例如愛上窩囊廢，錢全被酒和賭博敗光之類。

「就像咱們一樣呢。」赫蘿假哭著這麼說，尾巴卻樂得直搖。赫蘿使壞輕咬羅倫斯的時候，就是她最開心的時候。

目送赫蘿神采飛揚地到港口工作的第三天。

羅倫斯人在鯡魚卵交易所，覺得赫蘿的玩笑其實大致上也沒錯。

「你們是什麼意思！憑什麼關閉交易所！」

商人群起怒罵，整間房子都搖了起來。這天屋裡沒有酒食，公告鯡魚卵價格的告示牌也安安靜靜。

羅倫斯原先是在房間裡寫信給合作商行，後來德堡商行的人告訴他這個消息才來的。說是交易所出事了。

趕來見到的是，一方要關閉交易所，一方為此罵翻了天。

「神禁止占卜，而賭博說穿了不過就是一種占卜！」

鉅款與慾望滿天飛的交易所裡，來了幾個最不搭調的人物。

一群僧服打扮的聖職人員。

「我們在買賣鯡魚卵，不是賭博！」

即使被如此叫嚷的大批商人包圍怒瞪——不，或許是因為如此，五名聖職人員面無懼色，昂然挺立地說：

「此言差矣。你們買賣的是並不存在的鯡魚卵，無非是揣測未來吉凶的行為！」

這般方方正正的理由，是來自臉上有如寫著剛正不阿的青年。

從服裝來看，職位是主祭。年紀輕輕就有這樣的地位，不是能力優異，就是教會配合改革而推舉的年輕人吧。

周圍有幾個壯年聖職人員替他撐腰。

「而且經過我明查暗訪，你們之中實際在買賣鯡魚的，其實一個也沒有吧？」

從現場氣氛，可以感到這句話讓商人們都懊惱地把話吞了回去。

在場所有人恐怕都沒見過鯡魚卵。他們關心的不是實物，就只是因為它價格漲跌巨大適合投機，才會大老遠跑來這裡。

他們腦袋裡某個角落八成也覺得自己做的不是正經買賣，那麼在旁人眼中，肯定是明顯有問題。

「可是這門買賣流傳已久，現在是北方群島漁夫生活中不可或缺的支柱啊！」

某個靈光一閃的人這麼大喊，周圍的同聲附和。

「而且買賣還不存在的商品，對商人來說是常有的事！預購麥穀、葡萄、水果這些，都是理所當然！如果拿我們沒見過鯡魚卵說事，那礦山還不是一樣！買山開礦的商人，哪一個會拿鋤子上山啊！為什麼我們這樣就算賭博！」

這話立刻引起如雷掌聲。

被這群激動的商人包圍，聖職人員們依然眉頭也不皺一下。那樣不惜殉教的死正經，甚至教人肅然起敬。

「這是公平性的問題。」

青年沉靜的聲音，含有逼退商人的奇妙魄力。

那樣的身影，讓羅倫斯想到在紐希拉溫泉旅館中不時與神學者討論的寇爾。

「據說你們之中，有人在這個交易所成為富豪，可是捕撈、加工、搬運的人當中，沒有一個能不流汗就獲得這樣的財富。那麼你們在這裡做的事，不管怎麼說都是大有問題吧？」

大多商人瞪大了眼，心裡有罵人的衝動。但他們青筋暴露脹紅的臉，都是緊閉著嘴。

他們還是有理性的。

知道這樣買賣魚卵，純粹是包裝過的賭博。

有個平靜的聲音，介入雙方無言的互瞪。

「不過，我們還是幫到了這個城鎮。」

一名頭髮黑白摻半，蓄鬍的細瘦商人這麼說。

服裝算是中上，四平八穩的樣子有種說不出的魄力。

「我們在這裡買賣鯡魚卵，吸引了很多商人過來。他們要吃住，就會留下錢財。我們在這裡買賣鯡魚卵，北方的漁夫會優先把鯡魚送到這裡來。要是這門買賣跑到其他城鎮去，必然會流失和鯡魚相關的大部分工作。再說，相傳阿蒂夫這個城鎮最早就是從鯡魚卵的交易所發展起來的，這是支撐這個城鎮的傳統啊。」

有人大喊：「一點也沒錯！」立刻有好幾個人跟著贊同，掌聲四起。

無論這裡長久以來的行為正當與否，在阿蒂夫大教堂服務的他們，都是藉由居民的捐獻修繕教堂、購置器具、僱用人手。且無論是哪一個城鎮的教會，其實都會或明或暗地插手商業。即使是聖職人員，也不會去削減自身城鎮的活力。教會就是因為在這方面如此圓滑，才能在世界各地開設分會，比任何大商行都還要多。

語氣鎮定的商人和聽他說話的其他商人，都相信這一點。如此說來，聖職人員會不會是想搬出信仰的根基來嚇唬他們，藉此從交易所抽稅呢？

聽見鄰近的商人如此竊語，羅倫斯也深感同意。

旅行商人時期，他也常為聖職人員的商才咋舌。

就在他覺得這次也是如此時，聖職人員說了驚人的話。

「我們聖堂議會，將跟從神的旨意，為防止這個城鎮成為惡德的窠巢，決議關閉此交易所。」

交易所內這次連怒罵都沒有了，頓時鴉雀無聲。

「經過研判，我們認為交易所內的一切全部都是違反戒律的占卜與賭博，是一種高利貸，是對神的褻瀆。」

商人們嘴巴愈張愈大。

難道這些聖職人員是玩真的嗎？真的要砍了這棵搖錢樹，丟出這座城鎮嗎？教會不是嗜錢如命嗎？到底在打什麼主意？

當所有人都以全身發出如此不成聲的疑惑時，那個商人又開口了。看來就連他也非常吃驚，聲音有幾分僵硬。

「居然要關閉鯡魚卵交易所，城、城裡會有很多人反對吧。你們知道那會害這裡失去多少錢嗎？」

表情嚴正得嚇人的青年祭司大聲答道：

「這城鎮的人，大部分都不是你們這樣隨隨便便就拿金幣銀幣來賭的人，而是揮灑汗水辛勤工作，賺取銅幣的人。他們偉大的勞動，才是這個城鎮的支柱，而且城裡大部分的人都認為你們是黑心商人。」

至此，商人們都開始相信他們是認真的了。

見誰也不說話，青年祭司繼續說：

「再者，還有什麼事比正確的信仰更重要？」

想不到會在如此慾望充斥的地方聽人這樣訓話。

商人們毫不掩飾地露出一臉嫌惡。

可是沒有一個願意正面反抗聖職人員。

因為他們是商人，對時代潮流特別敏感。

「這座城鎮也是長久忘卻神的教誨，直到前不久才找回正確的信仰，徹底悔改。神也一定願意寬恕你們的罪孽吧。」

現在世界的趨勢，在於教會和信仰改革。

既然鎮上的人也都支持，狂宴就該結束了。

然而，即使這裡關閉了，世人還是需要買賣鯡魚卵的地方。轉移陣地或許不容易，但畢竟不是永遠禁止。

青年祭司看著這群很識時務，開始盤算出路的商人，宣告道：

「因此，我們聖堂議會要遵照神的教誨，將這個惡德窠巢中所有骯髒的賭金全數沒收。」

「咦！」

所有人都抬起了頭，還有不少人從椅子上跳起來。

就算沒了賭場，只要損益還打得平，商人都還沉得住氣。但有一件事，他們無論如何都無法忍受。

那就是搶奪他們的金幣銀幣。

孰可忍孰不可忍，這是不可跨越的底線。

尤其是這裡有很多人下了重注，將重過性命的金額交給了命運。

就在場面一觸即發的時候——

「可是神隨時都願意寬恕你們。假如你們願意到教堂誠心悔改，不只能赦免罪孽，你們的錢也會洗脫污穢，回到你們手上。」

先宣告嚴罰再行赦免，是教會慣用的伎倆。要對方付出巨大代價後展露一點點溫情，還要人感恩戴德。說是會還錢，到時候肯定會敲一筆祈禱費，但總比一毛都拿不回來好多了。

彷彿能聽到商人們腦袋裡算盤撥動的聲音。

「你們在這裡的不當所得，對城裡的人而言等同於背棄神的行為。如果城裡的人都唾棄你們，你們還要在這裡作生意嗎？」

如今尋求正確信仰的聲勢高漲，對於利用買賣鯡魚卵這種怪異賭博賺大錢的商人，人們的風評一定不會好。

教會就是在街頭聽聞相關批評，覺得時機到來了吧。

這樣能給商人們一個教訓，也能對人民宣示教會真的有所行動。

看來誰勝誰負，早就已經底定了。

「……你們什麼時候要還錢？」

某人問道。

青年祭司露出主持晨間禮拜般的親切笑容。

真的跟寇爾有那麼點像。

「我們為記念黎明樞機大人和扶持他的聖女繆里，替這個城鎮、這個世界點起了正確信仰的火炬，特別訂製了一幅畫。而就在後天，我們要為這幅畫舉行一場祈福禮拜，到時候就會歸還各位。」

商人們紛紛妥協，但羅倫斯卻屬於依然愁眉苦臉的那一群。

而他也曉得為何其他人也都是這種表情。

「只要願意在教會告解、祈求寬恕，神也一定會願意保佑各位生意興隆。」

青年祭司面泛慈愛的微笑，語氣絲毫不帶諷意，純粹是渴望拯救商人的靈魂。

可是羅倫斯的想像卻讓他冷汗直流。不是因為他是祀奉大蟾蜍的異端信徒，賭金也只要向教會低頭就拿得回來。在行商的時候，他就算是神也照樣利用。

問題是，這裡有很多人認識他。

沉著臉的人泰半是阿蒂夫當地的商人吧，沒人想在大庭廣眾之前出醜。

而且畫作公開當日，赫蘿也有受邀。羅倫斯想像自己為了挽回瞞著赫蘿卻失敗的生意，惶恐地出列懺悔的糗樣就頭暈眼花。不曉得赫蘿會怎麼逼問，怎麼挖苦呢。

而且女兒繆里和形同兒子的寇爾的畫，還高高在上地看著這一切。

後來的細項，羅倫斯一句也聽不進去，搖搖晃晃地離開交易所。

雖想設法解決，但結論幾乎是無法撼動了。即使賭金不至於動搖家本，也不能為了面子就捨棄赫蘿要辛苦幾十天才賺得到的錢。

最重要的是，就算狠下心來放棄賭金，死也不去懺悔，羅倫斯也不認為自己瞞得過赫蘿。對於這種事，赫蘿的鼻子特別靈。

與其被她揪出來，倒不如事先主動認錯。

沒有別的路了。

「可是……」羅倫斯呻吟似的呢喃。

買賣鯡魚卵和賭骰子不同，損失基本有限。運氣好就大賺，不好也就虧那麼多。

怎麼也沒想到今天會這樣翻船……羅倫斯忍不住想咒罵上天，但臨時想到買賣本來就有風險。

最後只好兀立港邊，仰天長嘆。

好想醉到忘了自己是誰。

這天赫蘿又帶著一尾巴的麥殼回來了。羅倫斯一邊聽赫蘿開心分享她今天的趣事，一邊替她挑沾在尾巴上的麥殼。

赫蘿愉快地哼著剛學會的攪麥歌，像是沒注意到某笨蛋樣子不太對勁，但不可能有這種事。一定是早就發現，裝沒事而已。

羅倫斯受不了這樣的重負，在赫蘿轉身要他揉揉肩膀時，終於忍不住全招了。

不過這次和以前不同，賭金幾乎能全部取回，對以後作生意影響甚少。頂多是進貨時被人調侃兩句吧。

再說，他是為了赫蘿而賭的。

不必羅倫斯仔細解釋，赫蘿也很快就明白這一點。

所以沒有橫眉怒目，也沒有齜牙咧嘴，甚至沒罵大笨驢。

就只是目光平靜地盤腿坐在床上，注視在地板上反省的羅倫斯。

羅倫斯低垂著頭，抬不起來。

完全像在馴狗。

「真是的……好像在罵繆里一樣。」

赫蘿嘆息交摻的話讓羅倫斯總算敢抬起眼睛。

「咱說她像汝，汝還不信吶。」

兩人經常爭辯老愛惡作劇的繆里究竟像誰，而這次羅倫斯再度體認到自己是多麼不利。

「都是我不好。」

赫蘿睜開一隻眼睛瞄瞄羅倫斯，又長嘆一聲。

然後從床上滑下來，站到羅倫斯面前。

「汝跟靜不下來的笨狗沒兩樣。聞到香噴噴的味道就『撲過去！』這樣。」

羅倫斯完全無法否認，羞愧得別開臉。

結果赫蘿把臉湊過來，讓他沒其他地方能看。
被她的紅眼睛盯著，羅倫斯不禁恍神，覺得那雙眼好美。
現在這德行，可不能讓女兒繆里看見。
赫蘿挺直腰，用力搔搔頭。那無奈的樣子不是針對羅倫斯，而是自嘲。
「咱到底是怎麼會愛上這種笨狗啊。」
接著歪起頭，嘆最後一口又重又長的氣。
羅倫斯再度垂下頭時，赫蘿說了聲「可是」。
「狗還是有狗的用處。」
「咦？」
抬起頭，見到赫蘿伸手過來。
好像是要他站起。
羅倫斯握住她的手，一臉疑惑地起身。
「和咱共事的小丫頭，全都在擔心會沒工作做。」
「共事？」
赫蘿耳朵不滿地拍了拍。
「攪拌婦啦。」

「喔……呃，為什麼？」

和鯡魚卵交易有關係嗎？

赫蘿雙手抱胸，嚴肅地說：

「做這行的不只是咱和舞孃這樣偶爾來鎮上一次的人，絕大部分是這裡的窮苦人家。大家都是勤奮工作的好人啊。」

「這、這樣啊。」

赫蘿不常誇人，羅倫斯有點意外。

「而且……對雄性的喜好好像都差不多。」

她不太情願地別開眼睛這麼說。

說到這個，管理攪拌婦的老人也說過，那裡有不少人是愛上壞男人才會來做攪拌婦。

「總之咱不能眼睜睜看她們丟工作。咱正想跟汝談汝說的那個地方的事，結果汝先來自首了。」

「……妳說鯡魚卵的……交易所？」

「嗯。那些丫頭跟那裡接了不少工作，少了那裡，會讓她們很頭痛。消息傳進來的時候，她們都緊張死了。」

赫蘿見到羅倫斯「這樣啊？」的眼神而嘆氣，手抓抓耳根說：

「追根究柢，就是寇爾小鬼和大笨驢繆里引起的風潮造成的影響唄？要是這害得那些丫頭喝西北風，咱就不配冠上賢狼之名了。」

寇爾為了替世界找回正確的信仰而下山旅行，繆里是偷偷跟去。在教會的畫裡，她一副忠心扶持寇爾的樣子，可是現實的她才不會甘於配角，責任肯定不小。

那麼身為她的父母，該做的就是盡可能替她收拾善後了。

規矩的赫蘿是這麼想的。

「可是咱不太了解人類社會的規矩，這方面是汝的領域。」

雖然赫蘿經常不留情地笑羅倫斯傻，心底還是十分信賴他。這句話和將功贖罪的機會，讓羅倫斯高興得心裡燃起一把火。

「可以多告訴我一點嗎？」

赫蘿接下來說的，全是關於平時沒什麼人注意的底層勞工。

交易所那些人，多半也不知道自己跟攪拌婦有何關聯，而教會的人八成也是一樣。換言之，他們同樣是特權階級，看不清腳底下有誰。

「怎麼樣，汝幫得上忙嗎？」

見到赫蘿為共事幾天就心靈相通的人心痛的表情，羅倫斯胸口也疼了。

於是，他將雙手搭在赫蘿細瘦的肩上。

羅倫斯現在雖是被旅行耽誤的溫泉旅館老闆，多年前可是擄獲賢狼芳心的知名旅行商人。

「幫得上。」

赫蘿的臉立刻亮了起來。她曾在不會有人感謝的遺世小村麥田思念故鄉度日，原本還是個很容易被陰霾占據雙眼的人。

為了讓那雙美麗的紅眼睛閃閃發亮，羅倫斯多次握起赫蘿的手，投入大冒險之中。

回想著十多年前的年輕歲月，羅倫斯說道：

「我是商人，虧損一定要討回來。」

又亂碰蠢買賣讓赫蘿看笑話丟的面子，也一定要挽回。

這樣的志氣，看得赫蘿無奈微笑。

「汝是咱愛上的雄性，要是汝跌倒了也只會白白爬起來就糟了。」

一點也沒錯。

照赫蘿所言，十分有轉圜的餘地。

「那麼汝啊。」

「嗯。」

羅倫斯說道：

「我怎麼也不能鬧出在繆里的畫像前懺悔的糗事。」

赫蘿聽得噴笑，受不了地吊起一眉，往羅倫斯背上用力拍一掌。

首先要打點的不是別處，就是鯡魚卵交易所。

想請教會收回成命是羅倫斯自己的想法，說不定多數商人不想再和教會牽扯。認為賭金回得來就好，少引火自焚的想法也很合理。

很久沒和商人商量大事讓羅倫斯一反常態，緊張兮兮地推開交易所的門。

「這裡的主管？」

原本熱鬧的交易所轉眼只剩寥寥幾人，替羅倫斯記錄賭金的男子也在。

「我有方法處理這次教會的暴行。」

男子聞言睜大了眼，歪唇一笑。

「難得來了個有骨氣的，其他縮頭烏龜都不曉得躲到哪裡去了……那事情好說，你要找的就是他。我們這不是公會，沒有一個真正的主管……可是大多數商人都會聽他說的話。」

男子指的是當初那位冷靜面對聖職人員的中老年男性。

「他以前是魯維克同盟的高層人員。雖然已經退休了，不過當年可是統領好幾艘遠洋商船，人稱『總督』呢。」

魯維克同盟是世界最大的商業公會，已有幾十個貿易城市加盟。

但這個隱身於市井中的大人物，如今卻獨坐空桌喝悶酒，像個玩具被搶走而鬧脾氣的孩子。讓羅倫斯備感親近。

他一定是退休了也無法抗拒商業的魅力，徹頭徹尾的商人。

「抱歉，方便打擾嗎？」

羅倫斯走到桌邊問候，對方淡淡地側眼過來。

「你有方法改變現況嗎？」

他都有在聽，也沒擺架子問他是誰。

只要有辦法，是誰都好。這樣務實的商人式回答讓羅倫斯很有好感。

「送禮的話，早就試過了。」

既然是大商行的前幹部，當然會先嘗試賄賂。

「可是教會現在正想改革，看都不看一眼。那個青年好像把自己當成了黎明大主教。」

雖不知過去見錢眼開的教會占了他多少便宜，可是一旦金錢這帖迷藥失去魅力，還是有其不便。

「提議繳稅也沒用。看來他們真的是打算純粹用信仰為武器攻占這裡，搶走這個快樂的遊樂場。」

總督嘆口氣，脖子扭得喀喀響。

「現在只能乖乖低頭，帶著賭金到其他城鎮去了。」

「可是一度順從之後，再有第二次就更抬不起頭了吧。您去的地方也不一定會准您呢。」

不管到哪個城鎮，都一定會有教會。而人際關係也好，組織間的關係也好，一敗再敗就會一直敗下去。因此每個人都知道，開頭最重要。

「這種時候常用的手法我都試過了，這樣你還有方法嗎？」

淺藍色的眼睛注視過來。

羅倫斯正面承受他的視線，說道：

「當然。教會那些人，終究是上流世界的人。」

「嗯？」

「我們必須和同一陣線的人聯手。」

既然他是人稱總督的大人物，他高高在上的目光肯定有很多看不見的地方。

羅倫斯開始說明他和赫蘿構思的計畫，初老大商人愈聽愈振奮，甚至往自己額頭用力一拍。

「真的是燈台底下暗啊！我幹了四十年的貿易，連搬運工都管得服服貼貼，沒想到……對，商行的倉庫和商船之間還是有空隙的。」

就連身分比他低多了的羅倫斯，都不知道有這樣的手工活。

畢竟他原先的生活中沒有女人，不會知道哪裡是只屬於女性的地盤。

「我打算先和攪拌婦那邊講好，取得她們的協助以後，連同其他提議一併和教會商量。我是覺得很有勝算，不知這裡的各位贊不贊成？」

對羅倫斯而言，只要能拿回賭金，交易所能否存續並不重要。但想要解救和赫蘿共事的攪拌婦，就非得守住交易所不可。

「等等，先讓我粗估一下……對，這樣比繳稅給教會便宜很多，而且也不用向他們低頭。這不是求他們成全，而是對等的交易。既然是交易，就是損益的問題；損益的問題，大家應該不用多說就會懂。如果有人還要囉唆，我來替你擺平。怎麼能讓別人搶走這個遊樂場！」

總督站起來，海上男兒似的豪爽伸手。

「我到死都不會停止賺錢，你也是這類人嗎？」

羅倫斯握著他的手回答：

「太太老是要我節制一點呢。」

總督露出海盜般的賊笑，瞬時恢復若無其事的表情。

「可是，我們需要一個有力一點的推手。不管再怎麼美化，這裡都不像是肅穆祈禱的地方。」

或許是因為有很多人在交易所下重注而特別亢奮，到處是奇怪的裝飾。

除了吊在天花板上的燻鯡魚，牆上還有用漁網層層纏起的教會徽記，以及從守護船員到守護產子等各種守護聖人的木雕像也到處都是，想得到的都有。

另一邊牆上，是帶卵的巨大鯡魚和巨大沙丁魚互撞腦袋的墨水畫。看似水花噴濺的部分，其實都是以銀幣裝飾。就算說得含蓄一點，這裡仍像是某個原始部落的勝戰祈禱室。

但羅倫斯掃視一圈後提了個議。

純粹是為了這個交易所。

「可能需要換個樣式呢。比如說……」

商人跌倒了，不會白白爬起來。

總督和羅倫斯談完各種細項後，召集了戒不掉賭博的商人。

羅倫斯直接前往港口倉庫，和赫蘿召集的攪拌婦商量，而她們當然不會拒絕。她們答應之爽快，連搬運工都要汗顏。

由於魯莽行事是自掘墳墓，羅倫斯又另想一步，當作提味用的引子。

那需要赫蘿的協助，還有經營溫泉旅館所培養的管道。

隔天，商人們列隊前往阿蒂夫大教堂。

鎮上的人正聚集在教堂前張羅明天的特殊禮拜。

「請問主教大人在嗎？」

帶頭的，是最具領袖風範的總督。

他用蛋白將鬍鬚和頭髮梳理定型，高貴的衣服也上漿洗過，筆挺到好像碰一下就會割傷，這身打扮就算直接穿進皇宮也不失禮。

最驚人的是他的舉手投足。

被他問話的工匠嚇到差點弄掉要用來裝飾教堂大門的鍍金飾品，且以為他是貴族，急忙回答「在裡面」就脫帽行禮。

見到後面那一大排商人，工匠的眼睛睜得更圓更大。

教堂內也忙著準備，到處都有工匠在作業鷹架上敲敲打打。一行人在如此嘈雜中大步前進，毫不猶豫地穿過中央走道。

在高得彷彿會吸人的天頂下，紅毯走道的正中央，一群高階聖職人員正在討論畫要怎麼掛。

「喔，各位不是……」

轉頭過來的，是總督揶揄為黎明大主教的青年祭司。

他環視商人，眼神頓時出現敵意。

「之前那件事不用再說了，我們不會被神恩以外的任何東西迷惑——」

他是以為又想來賄賂了吧，但總督伸手制止了準備長篇大論的青年祭司。

「不，見識到祭司大人對信仰之堅定，我們都醒悟了。於是我們也想跟從聖經，做一些神會樂見的事。」

「……怎麼說？」

總督清咳一聲再道：

「您知道的，神教誨我們要懂得分享。所以我們決定，要在交易所提供免費飲食給在鯡魚產業出力的窮人。」

青年祭司挑起一眉，看看身旁的高齡僧侶。

「這的確是個善舉……」

「是的。當然，我們臉皮沒有厚到這樣就請求各位讓交易所繼續留在這個城鎮裡。我們會遵從祭司大人等聖堂議會成員的神聖決定。」

然而商人大批來到這裡，不會沒有目的。

聖職人員們交頭接耳了一會兒，以青年祭司為代表問：

「那麼，各位這趟來是為了什麼呢？」

「我們是來給這群迷途羔羊帶路的。」

「咦？」

「真正有話要對祭司大人說的，其實是她們。」

商人們退到走道兩邊，讓路到走道入口。

祭司們不解地往另一端望去。

只見幾個穿著短袖衣物，手上還沾著麥殼的攪拌婦走了過來。

「話說祭司大人，您曉得來自遠方，用來做聖餅的小麥是經由怎樣的路線來到這裡，進入麵包店窯子裡的嗎？」

「呃……你說小麥？」

白白淨淨，一身學者氣質的青年祭司當然與農耕無緣，手指比女孩還細嫩的其他聖職人員也答不出話。他們多半是自幼就都在念教會法學，沒出過社會。

「小麥收割以後會裝進麻袋，用馬車送上船，千里迢迢來到這裡。可是有一群不起眼的人，填補了這一連串程序中的間隙，那就是她們。若不是她們每天早晚辛勤攪拌儲存在倉庫裡的一袋袋麥穀，麥穀很快就會發黴。發黴的麥穀做成麵包，我們就要把疾病吃下肚了。」

總督說到這裡，攪拌婦們優雅地行禮。她們身上破舊的衣服，在標準的行禮動作下十分醒目。

「祭司大人。」

總督向前一步，在祭司面前下跪。

如貴族作信仰告白般的舉動，彷彿是祭禮上的戲劇。

「我們的確是貪心的商人，這點我們不會否認。可是她們不一樣，全都是在陰影中支撐鎮上

所有人的生活，她們才是應該受神光照耀的人。」

青年祭司疑惑地點點頭，望向攪拌婦。

她們一個樣地在胸前緊握教會徽記，略俯著頭，神情十分懇切。那模樣任誰看了，心裡都會激起同情的漣漪。

「可、可是那……我明白她們的工作了，但那跟你們有什麼關係？你們……買賣的是鯡魚卵吧？她們攪拌的不是麥穀嗎？」

這問題使大商人總督目光一亮。

「麥穀是季節性商品，會有空窗期。您知道她們在冬季播種的小麥出清以後，都是攪拌什麼嗎？」

「咦？不、不知道……」

總督說道：

「就是鯡魚卵啊。」

這就是赫蘿聽同事們訴苦後想請羅倫斯協助的原因。除了賭博的商人，鯡魚卵交易所還有另一批商人會見證到最後。因為有這些實際處理鯡魚卵的商人，漁夫才會將鯡魚送來這裡。而鯡魚卵和麥穀一樣，不能只是裝進桶子裡。

大部分商人都不知道這一點，更遑論不可能吃過鯡魚卵的聖職人員了，所以他們才會這麼輕易就想關閉交易所吧。

「鯡魚卵的買賣分為兩種，這單純是因為鯡魚卵有兩種。」

「這樣啊，嗯？」

「一種是乾燥的鯡魚卵，這需要在太陽下曝曬。多虧攪拌婦們每天不辭勞苦拿出來曝曬、翻整、管理，才不至於腐敗。」

「唔，嗯……」

「另一種是用鹽醃的卵。鯡魚卵是用來吸引南海沙丁魚的餌料，醃過的比乾燥的效果更好，價格比較高，管理起來也比較繁複。請祭司大人試著想像泡進一大桶鹽水的鯡魚卵。這些瘦弱的女子要拿比她們人還高的槳，一整天攪個沒完。啊啊，希望祭司大人能發發慈悲。她們這樣天天努力，是為了讓這個城鎮和南方各地人們的小小餐桌上，可以擺上幾條沙丁魚啊。」

總督的三寸不爛之舌，讓祭司沒有插話的餘地。

這時，羅倫斯按照事前排練，偷偷打個手勢。

一個攪拌婦跟著當場跪下。

「大人可憐咱們的話就幫幫忙，把鯡魚留在這個城鎮吧……」

在這句滿懷情感的訴求之後，其他女子也當場跪下，齊聲附和。

拜託可憐可憐我們吧……

面對無辜女子的訴求，以為窮人主持公道為由拿交易所祭旗的聖職人員們完全啞口無言。失去交易所，這個城鎮也會失去許多鯡魚相關產業，等於是剝奪她們的生路。

可是壞事就是壞事——正當死腦筋的青年祭司想這麼說時，羅倫斯抓緊時機對他耳語。

「祭司大人，湖水澄清，是因為深到足以懷藏污泥。」

「這……！」

「所謂清水無魚啊。」

接著總督湊上另一隻耳朵說：

「我發誓，我們會在那間交易所為窮人……例如攪拌婦那樣打日工的人提供免費三餐，並重新裝潢，打造成一個令人不會遺忘信仰的地方。當然——」

他胸膛高高一挺。

「我們是受了祭司大人的訓斥，決心為信仰有所付出。祭司大人佈道的事跡，將會世世代代留在那間交易所，供我們子子孫孫緬懷吧。」

人不能在天國積攢金幣，但能積攢功德。所以羅倫斯覺得他們不受金錢賄賂，說不定別的迷藥會有作用，於是準備了這一步。

但祭司嘴巴緊閉，懷疑這樣不太正當而繃緊了臉，深怕自己遭商人花言巧語所騙。

總督在這時從懷中取出一張紙，拿到祭司面前，踢這臨門一腳。

「我們打算改變交易所的裝潢。裡面這個人，就是大人您。」

祭司睜大了眼，不由自主地往後看。

視線另一端，有群男子用繩子從天花板吊下來，要將一幅畫固定於高牆上。

總督取出的紙上，是另一幅畫的草稿。

和即將掛在教堂內的寇爾與繆里類同，是典型的宗教畫。

背景是堆積如山的鯡魚，商人和攪拌婦們虔敬地下跪禱告。要將他們接引到天國去的，正是青年祭司。

總督將青年祭司戲稱為黎明大主教，其實並沒有錯。

羅倫斯從小照顧寇爾，很了解他的個性。

而這名青年的一舉一動顯然很接近寇爾。

「怎麼樣呢，祭司大人？」

青年祭司赫然回神。

「唔、啊……呃……」

舌頭打結的年輕祭司想尋求年長聖職者的意見，但其他商人也在對他們灌迷湯。籠絡聖職人員這種事，沒人能比唯利是圖的商人強。

「祭司大人？」

總督再問一聲，使得青年祭司的視線在總督、羅倫斯和攪拌婦們之間直打轉。

最後，他終於萬般糾結地閉上了眼。

「……我、我知道了……我撤回原先的決定。交易所，就繼續開吧……」

攪拌婦們當場開心得跳起來歡呼。

祭司還是非常猶豫，但現在已經沒有反悔的餘地。

而且他的目光，明顯釘在總督手中的草稿上。

「對、對了……」

「請說。」

祭司略被總督的親切笑容逼退，小聲問：

「真的能讓人看得出是我？」

人要完全無欲，是極為困難的事。

所以世上才會有羅倫斯這些商人。

「這是一定要的。」

總督這麼說之後，繼續和青年祭司討論畫的細節。看起來就像蛇纏上了老鼠，但羅倫斯沒興趣多做想像。

事情似乎已經結束，他唏噓地鬆一口氣，走向中央走道入口。

攪拌婦不分老少手牽著手，在那裡慶祝。

舞孃注意到羅倫斯接近，婀娜多姿地靠過去，用演戲似的誇張動作擁抱他。

「啊啊，這不是我們的老闆嗎！」

熟人舞孃的擁抱，惹來羅倫斯的苦笑。

這位舞孃當然在紐希拉表演過，很清楚狼與辛香料亭的事。

她很快就放開手，將羅倫斯交給真正的主人。

「瞧你樂得都合不攏嘴了啊？」

在她正前方的赫蘿不免俗地這樣酸一句。

周圍的攪拌婦也笑著看戲。

「賭金要回來了，我當然該高興。」

聽羅倫斯這麼說，赫蘿提起裙襬，一腳踢在他腿上。

街頭戲棚常見的悍妻馴夫戲碼中，少不了這一幕。

羅倫斯對笑得歪七扭八的攪拌婦們投以苦笑，帶著赫蘿和舞孃到側廊去。

「哎呀，幸好有妳在。劇本給演戲的人寫，水準果然一流啊。」

舞孃先前還那麼融入攪拌婦之中，現在這身俗氣的衣服完全就只是戲服的感覺。表示她不只是一流的舞孃，也是一流的演員。紐希拉是貴客雲集的地方，競爭激烈。

「小事一樁啦。都討好紐希拉那些老頑固那麼久了，對他們喜歡什麼話、什麼動作都瞭若指掌嘍。」

舞孃露出不同於赫蘿，頗富肉感的笑容。

總督的對白和動作，還有不曉得教堂禮儀的攪拌婦們，都是由這位舞孃一手指導。

如同麥子從田裡到餐桌需要經過很多人的幫助，這次的逆轉戲碼也是受到許多人的幫助才能成功。

「對了，你會跟我介紹那位鬍子老闆吧？聽說他好像很有錢。」

「嗯，那當然。」

舞孃也要求應得的代價，這才是良好的交易。

「在冬天上山之前，一定要他給我買件貂皮大衣才行。」

這麼說時的側臉，已經像獵人一樣。

尷尬陪笑時，有人拉拉羅倫斯的袖角。

「汝啊。」

當攪拌婦而戴三角巾、捲高袖子的赫蘿完全像個能幹的村姑。這模樣也相當新鮮，讓人有點入迷。

「咱肚子餓了。」

舞孃當然很識時務，微笑一下就回到中央走道上的其他攪拌婦那去。

羅倫斯輕聲嘆息並牽起赫蘿的手，離開為明天的典禮忙著趕工的教堂。

「真受不了，這樣有多少幫繆里和寇爾小鬼擦到屁股了唄。」

或許是因為扮演清貧且順從教會的攪拌婦讓肩膀很痠，赫蘿扭著雙手說。

「我也能拿回賭金，算圓滿落幕了吧。」

說完，羅倫斯對著阿蒂夫午前的明朗空氣瞇起眼睛。

「咱是很想說汝死性不改……但也因為汝去了那裡，事情才會有轉機唄。」

「大概吧。」

羅倫斯笑了笑。

接著，兩人之間有段異樣的沉默。

羅倫斯早就發現赫蘿有點不對勁。她罵人還是很不客氣，但總在奇怪的地方收斂。

這樣的赫蘿很可愛，所以裝作沒注意到。

「那我們就找個地方喝點小酒，回房間休息吧？」

羅倫斯故意提喝酒，赫蘿才總算回神似的抬起頭，含糊應聲。

這樣子讓羅倫斯不禁偷笑，而赫蘿的眼角立刻吊了起來。

「汝個性真的很差耶！」

「哈哈，我才不想被妳說。」

被羅倫斯一笑，赫蘿氣得猛打他的手。

然後僅僅揪住他手腕問：

「所以吶？結果怎麼樣？」

太吊她胃口，弄不好真的會生氣。

於是羅倫斯乖乖回答：

「人家答應會把妳畫在交易所的畫裡面了。」

赫蘿睜大眼睛，耳朵豎得都要把三角巾撐起來。

「妳看看我多有才，知道趁機建議改裝交易所，要多誇我一點喔。」

靠自己的錢請不到畫家，用別人的錢就好。

那個交易所多得是羅倫斯望塵莫及的大富商呢。

「人家還說會把第一個禱告的商人畫成我呢。」

這句話讓赫蘿目瞪口呆，差點沒踏準石階。

羅倫斯急忙扶住她，再一手繞到背後抱過來說：

「據說畫在灰泥上的濕壁畫，放個好幾百年都不會有事。以後不管過了多少時間，妳只要來到這個城鎮就能——」

說到一半，羅倫斯還是覺得別再說下去的好。

赫蘿會獨自來到這裡看畫，就表示羅倫斯不在世上了。

這種話沒必要說。

於是改口：

「所以呢，有要求就趁現在說喔。」

「……嗚嗚……唔、嗯？」

不知是為兩人都能留在畫裡而感動，還是想到與羅倫斯終要分離，泫然欲泣的赫蘿抬起頭來，見到羅倫斯笑嘻嘻的臉。

「例如把胸部畫得比繆里還大之類的。」

錯愕的赫蘿表情像雜耍一樣瞬間改變，一把揪住羅倫斯的鬍鬚。

「汝這頭大笨驢！」

在人來人往的教堂前，赫蘿毫不留情地大罵，立刻吸引許多視線。不過一眼就看得出是攪拌婦的女性，和平凡商人樣的男性打打鬧鬧似乎是稀鬆平常，很快都回去做自己的事。

羅倫斯等到眾人都不再注意後，才轉而察看嘔氣的赫蘿。

「我自己呢，是希望把我畫得年輕一點。」

並摸摸被赫蘿揪住的鬍鬚答話。

赫蘿不敢恭維地挑起眉，開口想罵他傻，最後卻什麼也沒說。

只是吐一口倦了的氣，牽起羅倫斯的手。

「汝到死都會是這樣唄。」

不曉得是褒還是貶，總之羅倫斯只能這麼答：

「妳有臉說我啊？」

「哼。咱就跟滾過長長的河，磨到圓得不能再圓的石頭一樣，沒什麼好改的。」

「那妳怎麼還老是對吃的太執著，反而討苦吃咧？」

「啊？汝憑什麼說咱？不知好歹又跑去賭，還瞞著咱偷偷來。」

「結果不是很好嗎？這樣有什麼不好？」

「大笨驢，是咱去做攪拌婦汝才逃過一劫，要是汝沒有咱啊——」

這時羅倫斯忽然蹲下，把赫蘿像公主一樣抱起來。

「就是說啊。我要是沒有妳，早就曝屍荒野，我再也不要一個人旅行了。」

赫蘿睜大紅眼睛，直勾勾地注視羅倫斯。表情漸漸放柔。

「大笨驢。」

剛好是在教堂前。

緊抱羅倫斯的脖子時，鐘塔傳來宣告中午的鐘聲，彷彿在祝福他們——

「唔，中午啦。中餐吃肉好。」

赫蘿馬上變回原來的她，說這種話。

「……我青澀的新娘上哪去啦？」

赫蘿聳聳肩，扭身要他放下。

羅倫斯是鼓起不少勇氣才在這種地方給赫蘿公主抱，結果反應這麼冷淡，只好早早放下她。

赫蘿肩膀真的很痠似的扭扭脖子，露出高傲的笑容。

「如果要像婚宴那樣鬧，咱倒是還滿歡迎的喔？」

可是和赫蘿相誓終生當時的開銷，簡直是場惡夢。

自己是人類，赫蘿是狼。

誰是支配者，顯而易見。

「最多兩枚銀幣喔。」

聽羅倫斯這麼說，赫蘿輕佻地往他一撲，抱住他的手臂。

「別那麼小氣嘛，賭金的事不是解決了嗎？對了，汝以前好像說過什麼沙丁魚的事嘛？」

賢狼赫蘿就是這時候特別聰明。

「……三枚。」

「五枚。」

喊價絲毫沒有妥協的意願。

可是赫蘿開心地直搖尾巴。

羅倫斯仰望太陽，大大嘆息。

「好啦，就五枚。」

「嗯！」

赫蘿活潑地回答，伸伸懶腰。

「這樣才是咱最愛的大笨驢。」

然後在羅倫斯臉頰上吻一下，收銀幣五枚。貴到只能笑了。

「我也要喝喔，所以才五枚。」

「啊？汝用自己的錢喝去。」

「我說妳喔……」

羅倫斯和赫蘿你一句我一句地沒入人潮裡。不管路上再擠，對方說得再難聽，兩人的手都緊緊相繫。

睽違多年的長程旅行才剛開始。

這是發生在秋高氣爽的港都，涼風中仍有夏日餘韻時的事。

狼與另一個生日

這是在瀰漫泉煙芬芳的紐希拉深山中，仍有兩頭美麗的狼那時的故事……

◇◇◇◇

在白天變得很暖，天一黑就冷颼颼的早春時節。

北方地區的溫泉鄉紐希拉，每間溫泉旅館都處在客人剛走完的放鬆期。

只有村裡最深遠的旅館，到了深夜還亮著燈。

這「狼與辛香料亭」的大廳裡擠滿了人。有穿著貴氣的大商人，也有一看就覺得是修道士的初老男性，還有面帶刀疤、神若野獸的傭兵。在旅客形形色色的紐希拉，如此多樣的陣容也是少有。這群身分與生活各自不同的人，共通點就只是全都有說有笑。他們會在紐希拉的溫泉裡泡到日落，喝葡萄酒冷卻體溫。

他們這麼開心，不只是因為酒。

今天聚在這裡，是為了向這間旅館道賀。

「那麼，失禮了。」

滿大廳喝酒談笑的人，目光聚集在旅館老闆羅倫斯身上。以旅行商人起家的他開設的旅館今年屆滿十週年，談吐舉止已經完全是個旅館老闆了。

羅倫斯穿過大廳中央，而頭髮剃得刺刺短短，像頭野獸的魯華跟在背後。

魯華是北方地區無人不曉的勇猛傭兵團團長，今天他恭敬地雙手捧著一塊紅布，布上有個小小的東西。

這麼一個對上神祇也要貫徹原則的人，來到壁爐前的羅倫斯身邊單膝下跪，雙手呈上。

「……不好意思。」

羅倫斯朝平攤紅布上的小東西伸手，半說笑地這麼說，狼也似的傭兵也歪唇而笑。

拿起的，是一枚金色的貨幣。

幣面有張女人的側臉。頭髮長長，微俯著閉目微笑，頭上纏著豐碩的麥穗。

這是羅倫斯特地請人鑄的金幣，價值並不高過其本身的材質。

但它有特殊的紀念價值。

羅倫斯百感交集地將金幣嵌入壁爐上的木板中。這面木板上開了幾個圓形凹槽，用來放金幣。

它原本是當存錢筒用。假如旅館經營不善，還可以用這筆錢回歸旅行商人的老本行。
然而旅館自開業以來就備受歡迎，一年比一年熱鬧，顧客絡繹不絕。
板上共有十個凹槽，一年放一枚。
就在今天，羅倫斯以金幣填滿了第十個凹槽。
「恭喜老闆。」
魯華嘻皮笑臉地用臣子的口氣這麼說。
聚在大廳的賓客也紛紛道賀，羅倫斯一一答禮。這時——
「為新的出航乾杯！」
貨幣中淡淡微笑的女子如此大喊。
她是具有獸耳獸尾，高齡數百歲，能宿於麥中的賢狼，也是與羅倫斯攜手建立這座溫泉旅館的妻子赫蘿。
羅倫斯平常都會在赫蘿喝酒時要她自制，今天就不囉唆了。
還將赫蘿連同她早早就斟滿的葡萄酒杯，像公主一樣抱起來。
在鬧哄哄的客人中，往拚命不讓酒灑出來的赫蘿臉上擠一個比酒更熱情的吻。

是從門後——不，大概是木窗後傳來的吧。

住在旅館裡的員工寇爾，在安靜房間中為樓下的喧囂苦笑。

旅館裡的全是與他們志趣相投的老朋友，再怎麼吵都不會介意。

似乎有人已經搬出樂器，奏起活潑的曲調。

明天旅館裡搞不好會充斥宿醉的呻吟。

「大哥哥，還沒好喔？」

寇爾面前，有個聲音不滿地說。

那是一名背對寇爾，坐在凳子上的女孩。

「不趕快下去會沒東西吃喔？」

她粗魯地喀噠喀噠搖凳子，毫不掩飾她的不耐。

轉過來的臉，和樓下狂歡的母親赫蘿一模一樣。不同點就只有色澤奇妙，彷彿摻了銀粉的灰髮，和頑皮蛋的精力。

「繆里，從今天開始，妳要有女孩子的樣子。」

「咦咦～？」

「我說過好幾次了。」

寇爾一說教，繆里的臉就厭惡得皺成一團。

「好了，轉過去。」

繆里不甘不願地轉向前方，縮脖子表示抗議。

她是羅倫斯和赫蘿的獨生女。始終在這裡協助老闆夫妻的寇爾，從繆里出生就在照顧她，像個年紀差距很大的哥哥。

寇爾一邊替賭氣的繆里梳頭，一邊唏噓地笑。

「妳和今年春天就要滿十歲的這間旅館一樣，要邁入十歲大關了吧？」

「……」

繆里沒回話，也沒轉頭。

只有繼承自母親的毛茸茸尾巴和靈敏的獸耳稍微晃動。

「不能再像以前那麼亂來。從今以後，妳要進入成熟女性那一邊了。」

到了十歲，即使不是貴族千金，也該開始考慮婚嫁。就算是老愛在野外揮舞木棍跑來跑去的野丫頭，也必須學習烹飪裁縫，打掃的步驟和如何維護自家環境。

寇爾和繆里待在這個房間，是為了替即將躋身成人之列的繆里梳妝打扮，好讓她在闊別十年的各方好友面前亮相。村裡玩伴見到她這副打扮不是笑得滿地打滾，就是目瞪口呆吧。

繆里換上了用了很多布，平常不會穿的蓬蓬裙，還有皮繩交錯得令人傻眼的束腰、以飾布點綴的上衣、表示貞潔的披肩。

全都是羅倫斯的老朋友為這天準備的頂級貨，原本只有大商行千金或王公貴族才穿得到吧。

但如此女孩子氣的服裝卻讓繆里反感得直吐舌頭，光要她穿就十分費勁。

威脅利誘都用盡才好不容易讓她穿好，結果她卻全身發癢似的不停搖晃凳子。

「繆里，坐的時候腳要併攏。」

「……」

在裙襬底下盤開的腿很誇張地併起來。

繆里聽說今天的事之後，原本掙扎得像是被抓進廚房的雞，被母親赫蘿訓過才總算聽話。

現在處理的是最後一個準備步驟——梳頭。

寇爾仔細地梳著梳著，繆里的腳又靜不住地開始亂抖。

真受不了。寇爾說道：

「拜託妳再忍一下。」

也許是因為穿衣服也抵抗得很凶，繆里誇張地嘆氣說：

「那你說一點好玩的事給我聽。」

對於毫不注重服裝儀容的繆里而言，梳頭這種事純粹是枯燥乏味吧。

寇爾祈禱她能慢慢改變，先讓一步給這個野丫頭。

「那我就——」

「不要講經喔。」

藉此機會灌輸神之教誨的算盤沒得打了。

要是再繼續掃繆里的興，寶貴的亮相機會就要泡湯了。

「好吧，那就……」

寇爾尋找話題時，繆里轉過頭問：

「大哥哥，說你們剛來到村子那時候的事怎麼樣？」

「剛來到村子那時候？」

「大哥哥和爸爸、媽媽的大冒險我已經聽過好多次了，可是後來的事好像沒說過耶。」

繆里似乎還是坐不住，抓著裙襬搧來搧去。

「大哥哥你們來之前還沒有這間房子吧？突然跑出這麼大一間，感覺好神奇喔。」

原來如此。寇爾心想。

樓下也都是在聊這樣的陳年往事吧。

「這間房子啊……是羅倫斯先生賺了很多錢以後，請赫蘿小姐找出泉脈才蓋起來的。」

「那時候我在嗎？」

凳子沒椅背，繆里便靠著寇爾問。

「繆里，這樣我不能綁頭髮……那時候妳還不在。」

寇爾往前輕推繆里，弄得她很癢似的笑著扭動。

「頭兩年……喔不，三年吧……記不太清楚了，都是在準備蓋旅館。」

「挖洞之類的？」

不知為何，小孩就是愛挖洞。

「也有啦。需要挖打柱子的洞，還有流通溫泉的溝……挖到我都變壯了一點。」

「完全看不出來耶？」

不帶惡意的話語，反而傷人。

寇爾陪笑兩聲，繼續說：

「還需要在地上鋪很多石頭，然後指揮很多工匠……啊，想起來了。那時候真的每天都忙到頭昏眼花。」

遭日常生活掩埋的記憶重見天日。寇爾瞑目回想當時的種種，不禁莞爾。

但繆里似乎覺得自己遭到冷落，不滿地晃晃身體。

「然後呢？大哥哥然後呢？」

「喔，對不起。然後等到旅館大致完工的時候，我們找了很多親朋好友來慶祝。屋簷下不是有一塊招牌嗎？就是在當時掛上去的。」

「是喔～大哥哥，那時候我在嗎？」

或許是講她出生以前的事，她很好奇自己什麼時候登場。

「那時候……喔，算是在啦，在赫蘿小姐的肚子裡。」

「嗯～？」

「妳『繆里』這個名字，就是在旅館落成的宴會上取的。」

這句話讓繆里的獸耳整個豎起來。

「真的嗎！」

她猛然回頭，害寇爾為綁辮子而分成三股的頭髮從手中溜走。

寇爾默默地把繆里轉回前方，說道：

「真的啦。那是赫蘿小姐很久以前夥伴的名字，在羅倫斯先生他們經歷那場大冒險時，幫了他們很多的魯華先生的傭兵團，也是用這個名字。還記得那時候是一講出來，大家馬上就同意了。」

「哼～嘿……嘿嘿嘿。」

知道自己名字的由來，讓繆里開心得不得了，裙襬下露出的毛茸茸尾巴左搖右晃。

「然後然後咧？我什麼時候出生的？」

「妳是在……那年冬天出生的。嗯，對……對對對……」

「嗯？」

寇爾話變得含糊，綁頭髮的手也停了下來，使繆里疑惑地轉頭。

他閉著眼睛見到的畫面，簡直就像在起火的房子裡工作一樣。

「大哥哥，怎麼了？」

繆里抓他的手搖一搖，寇爾才回神。

回憶那時候的事，當時的焦躁便又滾滾而來。

元凶繆里卻用無辜的眼神看著他。

「……妳剛出生的那幾年，我大概永遠都忘不掉吧。」

「咦？嘿嘿嘿，是喔？」

繆里的反應是又羞又喜。

她的出生的確是大喜之事，給旅館添了不少熱鬧。

但「熱鬧」實在太委婉了，若求正確，簡直像是一把火。

繆里當然不記得當時的事，就只是笑嘻嘻地看著寇爾。

「大哥哥大哥哥，我還是小寶寶的時候怎麼樣？娘說都是你在照顧我嘛？」

「咦？對啊……都是我。羅倫斯先生和赫蘿小姐的力氣都用在經營旅館上。」

「可是我不管怎麼想，都想不起那時候的事耶……」

繆里沒趣地說。

催寇爾陪她玩總會被拒絕，搗蛋又會捱罵，所以是覺得以前會陪她玩卻不記得很可惜吧。

「記得的只有……怎麼說，有點怪怪的，都是困在陷阱裡的感覺，會是我在作夢嗎？」

繆里歪頭的模樣真是可愛。不知是不是現在穿著漂亮衣服又梳妝打扮過，可說是無話可說的可愛。

就這樣嫁出去也不會丟人，但知道她個性的寇爾只能疲憊地笑。

而且她很苗條，臉蛋又跟赫蘿一樣美。

「那不是作夢。」

「真的嗎？」

繆里懵懂的表情，讓寇爾懷著有蟲在爬般的感覺回答：

「那是因為妳活力太旺盛，拿妳實在沒辦法……才把妳裝到網子裡，吊在天花板上。」

「咦……咦？咦咦？」

繆里耳朵豎直，嘴唇繃成一線。

「是怎樣！大哥哥太壞心眼了吧！」

「那不是壞心眼。啊啊，想起那時候的事，心臟就開始痛了……」

只會哭著討奶吃的時期，幾乎是赫蘿在帶，寇爾只會在她或羅倫斯挪不出手時幫忙。襁褓中的繆里，真是可愛到不行。

要說哪裡特別累人嘛，就只有還是嬰兒的她不會隱藏繼承自赫蘿的獸耳獸尾，需要避人耳目而已。

然而等到她能自力爬行，用兩條腿站起來以後，事情就不是可愛那麼簡單了。

「狂風過境說的，就是妳這樣。抓到東西就丟啊砸的，稍微一不注意就不曉得跑到哪裡去，害大家找得都快急死了，結果妳老是自己在非常莫名其妙的地方睡得很安穩。」

「……」

聽寇爾說她不記得的驚人行徑，繆里不認帳地別開眼睛。

「可是裝到網子裡的妳……其實也滿可愛的。就像中陷阱的小狗狗一樣。」

見寇爾無奈到只能笑的樣子，繆里有點難耐地轉過來問：

「真的嗎？」

「那時候妳身體很小一個，尾巴跟身體差不多大。在網子裡縮成一團，抱著毛茸茸的尾巴扭來扭去的樣子真的很可愛。羅倫斯先生沒事就看到傻掉，被赫蘿小姐罵。對了，妳原先還很喜歡咬尾巴，慢慢就不咬了。」

當時的繆里大概是不喜歡嘴裡空空的，很愛亂啃東西，尾巴總是有一大片黏糊糊的口水。

那對繆里來說似乎有點難為情，羞得臉紅縮頭。

「才、才沒有咧。我已經不是小寶寶了。」

「就是說啊，繆里都長這麼大了。」

後來十年光陰過去，歷經無數責罵、驚魂、大笑，終於要以成年女性之姿在眾人面前亮相。想到她以後就不會跟前跟後大哥哥長大哥哥短的，就覺得有點寂寞。

現在就這麼不捨，到出嫁那天不曉得會多慘喔。寇爾暗暗自嘲。

「來，頭髮快綁完了，坐正。」

繆里的頭髮有種不可思議的涼意，用手指撈起就如流水般滑脫。梳得愈仔細就愈有光澤，紮起來很愉快。

先將頭髮分成左中右三股，左右各自紮成辮，再與中央的紮在一起。

這費工的編法，是寇爾向往來旅館的舞孃學的。

紮好以後，一定會驚豔全場。

可是她本人好像根本不在乎。

「唉……以後我都要穿這種衣服，綁這麼麻煩的頭髮嗎？」

繆里像個在網中掙扎的嬰孩，在未來要束縛她的衣服中繼續掙扎。

「不至於每天穿啦，穿這樣沒辦法幫旅館的忙嘛。不過妳是真的不能再像以前那樣了，要有女孩子的樣子。」

「……」

繆里沒直接回話，先給一個重重的嘆息。

「我不會永遠都是小孩子的啦。」

寇爾早已習慣繆里的死纏爛打。雖令人頭痛，那也是她的可愛之處。寇爾苦笑著替繆里的頭髮收尾。

「而且考慮到嫁出去以後的事，該會的事都要早點習慣才好。」

繆里聽了晃著腳說：

「我才不會嫁出去。爹說沒那種必要。」

疼愛獨生女的羅倫斯偶爾會說這種話，被赫蘿捏屁股。

懂他心情的寇爾同情地笑，並嘆口氣。

「怎麼可以不嫁呢。男大當婚，女大當嫁啊。」

就像塵歸塵，土歸土那樣。

人必須依從神所訂下的制度來生活。

「有大哥哥陪我就好。」

繆里不滿地這麼說，背又往寇爾靠。

見繆里對他這麼信賴、親暱，寇爾當然覺得很高興。

但微笑中帶點苦澀，也是事實。

「那是因為妳敢對我耍任性吧？」

繆里抬起頭，從寇爾下巴底下看過來。用的是責怪、不服的眼神。

「才不是。」

繆里看寇爾聳起肩膀，用頭撞他胸口。

寇爾笑了笑，摸摸她的頭。

「我希望妳能在願意珍惜妳一輩子的人陪伴下，幸福地過日子啊。」

「就說那——」

繆里剛要回嘴時，寇爾從背後輕輕抱住她。

「只要妳別亂來，妳也是一個很有魅力的女生。所謂玉不琢不成器，為了讓心上人注意到妳的存在，妳要多琢磨自己一點才行。」

繆里的反應更不滿了。這個喜歡銜著肉乾在山裡跑來跑去的女孩，說不定無法了解這種事。

可是，這是人生大事。

寇爾要幫繆里嚥下去似的輕拍她的手。突然間，繆里在寇爾懷中扭身。

「大哥哥大哥哥，你是說，你也是這樣想的嗎？」

「嗯？」

繆里隨寇爾的反問轉過來。

或許是頭髮紮完的關係，比平常成熟一點。

「大哥哥也想娶穿得漂漂亮亮的女生當新娘嗎？」

如此孩子氣的問題讓寇爾柔柔一笑，回答：

「我是要當聖職人員的人……不過，也對啦。比起穿得像盜賊、用袖子擦鼻涕的女生，我是比較喜歡穿戴整齊、笑得像女生的女生。」

繆里像個第一次聽見人說話的幼兒，直盯著寇爾看。

聽完之後，表情頗為正經地轉回去。

她是終於懂了嗎？

就在寇爾感慨孺子可教時，繆里又轉過來了。

這次表情似乎比先前又嚴肅一點。

「那我就這樣做。」

說完，她露出笑容。

見繆里難得這麼聽話，寇爾也很高興。

「妳懂啦？」

「嗯。」

寇爾對拍動耳朵尾巴的繆里笑著說：

「那就下樓去讓大家看妳蛻變以後的樣子吧。」

並拍拍繆里的肩，她頗不自在地站起。

紮好頭髮，穿上高級服飾的她，真是美得無話可說。

「妳這樣很漂亮喔。」

「真的？」

「當然是真的。」

寇爾的話讓繆里笑得好開心。

「來，手抓好。跌倒就糟了。」

繆里抓住寇爾伸來的手，隨即握正。

然後用力抓緊。

「大哥哥啊。」

兩人正要出房門時，繆里開口。

「什麼事？」

寇爾往身旁的繆里看，但繆里只是微笑，什麼也沒說。

「？」

繆里挽起寇爾的手，打開房門。

「沒什麼。不說了，肚子好餓喔！」

「繆里，這就是妳一定要改的地方。」

繆里轉過頭來，戲謔地吐吐舌頭，笑得好不開心。

寇爾無奈嘆息，但他不討厭繆里這個樣子。

進了走廊，便能清楚聽見樓下的喧噪，全都是為前旅行商人與冠上賢字的狼所打造的溫泉旅館，祝賀它值得紀念的日子。此刻，新誕生的小淑女就要來到他們面前。以兄長自居的寇爾牽著繆里的手，心裡滿是欣喜。

但或許是這個緣故吧。

他沒注意到身旁繆里的笑容。

「大哥哥，要再幫我綁頭髮喔。」

寇爾沒笑她態度怎麼變這麼快。如同蛹突然就會化為蝴蝶，女孩也是說變就變吧。

「好啊，沒問題。」

繆里開心地縮起脖子，倚上肩膀。

下樓亮相，使得已經很吵鬧的大廳更為鼎沸。在眾人誇到快飄起來的繆里身旁，寇爾純粹為她的成長感到喜悅。

所以在這之後，他繼續當了好一陣子的木頭。

沒注意到小狼心懷裡那明確誕生的情感。以及那銀狼的鬼腦筋和思慮之周全。

「大哥哥。」

繆里像個接受眾人祝福的新娘，抬頭對寇爾說。

「什麼事？」

並對毫無戒心的寇爾露出與母親赫蘿一模一樣的笑容。

「有點害羞耶。」

神的羔羊寇爾羊也似地回答：

「看到妳長大這麼多，我覺得很驕傲喔。」

繆里賊呼呼地笑起來。

在為女兒成長濕了眼眶的羅倫斯、已經醉到只會傻笑的赫蘿，以及將繆里當姪女疼愛的魯華等人面前，寇爾真誠地這麼想。

然而，在他身旁微笑的是賢狼的女兒。

旅館喜迎十週年，繆里從孩子成了大人。

寇爾為新問題頭痛的日子，就要從這一刻開始。

後記

感謝各位平時的關照，我是支倉。最近我幾乎每天都是用「很抱歉，這次拖了很久」之類的作開頭呢。很抱歉，這次拖了很久……

有個厲害的作家曾建議我，最好每個月都要生短篇出來，這樣不知不覺就會集結成冊，想想還真是如此。現在回頭看這本短篇集，我也為自己何時寫了這麼多感到不可思議。

在這集裡，我終於用到一個始終很想用但苦無機會的小題材，非常高興。喜歡中世紀故事的人，一定會對蜜蜂的故事和我新篇章裡那個東西有過疑問才對！在 Wikipedia 的相關條目中，說歐洲地區是直接捨棄，但那應該是貴重的蛋白質來源，所以我一直很懷疑，後來我終於發現了記載使用方式的文獻。只不過後來搜尋幾個關鍵字，就馬上在 Yahoo! 知識＋找到而陷入深深的空虛……可是讀過厚厚的文獻而意外發現很想知道的解答這種喜悅，是網路搜尋所嘗不到的。我要用這個理由說服自己！

順道一提，《狼與辛香料》系列大多是參考介紹庇里牛斯山以北地區的書籍寫成，而我最近大多讀的是近世且偏南的地中海地區，甚至西亞的資料。有好多我從來不知道的事，很有意思。

我目前還沒打算讓赫蘿他們跑到沙漠去，但我每天都在夢想著將他們寫進其他系列裡。

另外，我又學不乖地跑去弄ＶＲ作品。書出不來就是因為它……

這個作品的名字，就是《狼與辛香料ＶＲ》！我將作者權限發揮到最大限度，在各方關係人士的協助下，製作這個全新劇情的ＶＲ動畫，還內附可以玩弄赫蘿毛毛尾巴的小遊戲。

詳情就請各位上網搜尋了。

那麼，既然篇幅灌夠了，後記就到此結束。

我們下本書再會。

支倉凍砂

外掛級補師勇闖異世界迷宮！ 1~2 待續

Kadokawa Fantastic Novels

作者：dy冷凍　插畫：Mika Pikazo

接替遭逮捕的艾咪而加入努的攻略團隊的新人
居然是……冒險者公會的公會長！

艾咪遭到逮捕，這對夢想提昇補師地位的努來說，前途更形艱難。然而，冒險者公會沒有對他見死不救。加入努團隊的新成員，居然是身為神龍人的公會長。他們會如何靈活運用這個實力強大，卻又有失控危險的神龍人生力軍呢？

各 **NT$200~220/HK$65~73**

無職轉生～到了異世界就拿出真本事～ 1~16 待續

Kadokawa Fantastic Novels

作者：理不尽な孫の手　插畫：シロタカ

龍神下達的初次任務——
魯迪烏斯將協助愛麗兒探索「圖書迷宮」!!

魯迪烏斯成為龍神奧爾斯帝德的部下，並迎娶艾莉絲為妻。就在某天，奧爾斯帝德下達了第一個任務，要他「讓阿斯拉王國第二公主的愛麗兒登上王位」。為了找到說服甲龍王佩爾基烏斯成為後盾的線索，魯迪烏斯等人前往圖書迷宮！

各 **NT$250~270/HK$75~90**

國家圖書館出版品預行編目(CIP)資料

狼與辛香料. XXI, Spring Log. IV / 支倉凍砂作；吳松諺譯. -- 初版. -- 臺北市：臺灣角川, 2019.12
面；　公分. -- (Kadokawa fantastic novels)
譯自：狼と香辛料. 21, Spring Log. IV
ISBN 978-957-743-432-6(平裝)

861.57　　108017539

Kadokawa Fantastic Novels

狼與辛香料XXI
Spring Log IV

（原著名：狼と香辛料XXI Spring Log IV）

2019年12月12日 初版第1刷發行
2024年6月17日 初版第6刷發行

作者：支倉凍砂
插畫：文倉十
日版設計：渡辺宏一
譯者：吳松諺

發行人：台灣角川股份有限公司
總監：呂慧君
總編輯：蔡佩芬
主編：林秀儒
編輯：黎夢萍
設計指導：陳晞叡
美術設計：莊捷寧
印務：李明修（主任）、張加恩（主任）、張凱棋、潘尚琪

發行所：台灣角川股份有限公司
地址：104台北市中山區松江路223號3樓
電話：（02）2515-3000
傳真：（02）2515-0033
網址：www.kadokawa.com.tw
劃撥帳戶：台灣角川股份有限公司
劃撥帳號：19487412
法律顧問：有澤法律事務所
製版：巨茂科技印刷有限公司
ISBN：978-957-743-432-6